中 国 故 事

诗词的故事

典藏版

孙丹林 著

山东美术出版社

图书在版编目（ＣＩＰ）数据

诗词的故事：典藏版 / 孙丹林著. -- 济南：山东
美术出版社，2018.1（2019.8重印）
（中国故事）
ISBN 978-7-5330-6365-8

Ⅰ.①诗… Ⅱ.①孙… Ⅲ.①诗词—中国—青少年读
物 Ⅳ.①I207.2-49

中国版本图书馆CIP数据核字(2017)第145119号

题　　字：孙丹林
治　　印：王继雷

策　　划：肖　灿
责任编辑：韩　芳　　郭征南
装帧设计：王海涛
插　　图：王洪彦　　杨如茵
平面制作：李兰香

主管单位：山东出版传媒股份有限公司
出版发行：山东美术出版社
　　　　　济南市历下区舜耕路20号佛山静院C座（邮编：250014）
　　　　　http://www.sdmspub.com
　　　　　E-mail：sdmscbs@163.com
　　　　　电话：（0531）82098268　　传真：（0531）82066185
　　　　　山东美术出版社发行部
　　　　　济南市历下区舜耕路20号佛山静院C座（邮编：250014）
　　　　　电话：（0531）86193019　　86193028
制　　版：青岛海蓝印刷有限责任公司
印　　刷：华睿林（天津）印刷有限公司
开　　本：710mm×1000mm　16开　10印张　100千字
版　　次：2018年1月第1版　2019年8月第2次印刷
定　　价：19.80元

鐫寫詩詞藏故事

塵封歲月見真情

乙未秋日晚秋撰句亲女

前　言

在信息爆炸的当下，中华优秀传统文化依然能为我们提供丰富的精神文化资源。为了唤醒文化记忆，开启文化自觉，坚定文化自信，我社策划出版了这套《中国故事》丛书。

《中国故事》邀请各领域专家撰稿，用明白晓畅、轻快活泼的语言，深入浅出地讲述一个个妙趣横生的小故事，让读者在轻松有趣的阅读中感悟中华优秀传统文化的博大精深，增长见识，更加热爱我们伟大祖国的传统文化。

优秀古典诗词是我国传统文化王冠上璀璨的明珠，许多诗词背后都有着精彩的故事。可以毫不夸张地说，诗词是历史的生动注解。

本书由著名文化学者、中华诗词学会常务理事孙丹林先生执笔。孙先生曾在央视《百家讲坛》《文明之旅》等栏目主讲陆游、唐伯虎、楹联、汉字、节日等内容，被评为《百家讲坛》"最投入"的主讲人，讲课妙趣横生，现场气氛热烈；下笔亦全无沉重的道德说教和晦涩的专业解析，依然是娓娓道来，引人入胜。

本书以历史为线，以诗人为点，穿起诗词背后的精彩故事。翻开这本书，你能看到"万国衣冠拜冕旒"的盛世繁华，也能看到"遗民泪尽胡尘里"的亡国之痛；你能看到"留取丹心照汗青"的慷慨从容，也能看到"苟利国家生死以"的坦荡忠诚。波澜壮阔的历史映射在诗人的个人经历之中，凝结成璀璨如珠玉的诗句，千百年来广为传唱。

丛书封底的印章"回音壁"系书法家、篆刻家王继雷先生所治。我国优秀的传统文化是一面历史的回音壁，能帮助我们了解过去，以更加自信的姿态面向未来。王先生功力深厚，篆刻作品曾获国家级大奖。这枚印章图案简洁有力，印边的花纹凸显了"壁"的形象，道出了"历史回声"的寓意。此印系王先生友情提供，我们在此深表感谢。

《诗词的故事》初版上市后，获评第二届奎虚图书奖推荐奖图书（10种）、2016年大众最喜爱的鲁版图书（30种）等，得到了读者的认可。此次修订再版，我们重新设计了封面与内文版式，使其更加简洁、舒适、美观，希望能带给读者全新的阅读体验。

目 录

中华民族的诗歌情结——写在前面的话…………………8

长太息以掩涕兮，哀民生之多艰——屈原…………11

老骥伏枥，志在千里——曹操…………………14

本自同根生，相煎何太急——曹植…………………18

未若柳絮因风起——谢道韫…………………21

采菊东篱下，悠然见南山——陶渊明…………………24

无人信高洁，谁为表予心——骆宾王…………………27

海内存知己，天涯若比邻——王勃…………………30

儿童相见不相识，笑问客从何处来——贺知章…………33

念天地之悠悠，独怆然而涕下——陈子昂…………………36

海上生明月，天涯共此时——张九龄…………………39

待到重阳日，还来就菊花——孟浩然…………………42

洛阳亲友如相问，一片冰心在玉壶——王昌龄…………45

安能摧眉折腰事权贵，使我不得开心颜——李白…………49

明月松间照，清泉石上流——王维…………………53

莫愁前路无知己，天下谁人不识君——高适…………56

感时花溅泪，恨别鸟惊心——杜甫…………………59

欲为圣明除弊事，肯将衰朽惜残年——韩愈…………64

野火烧不尽，春风吹又生——白居易…………………68

晴空一鹤排云上，便引诗情到碧霄——刘禹锡…………… 72

孤舟蓑笠翁，独钓寒江雪——柳宗元………………………… 76

鸟宿池边树，僧敲月下门——贾岛……………………………… 80

报君黄金台上意，提携玉龙为君死——李贺………………… 84

停车坐爱枫林晚，霜叶红于二月花——杜牧………………… 87

何当共剪西窗烛，却话巴山夜雨时——李商隐……………… 91

问君能有几多愁？恰似一江春水向东流——李煜 …… 94

忍把浮名，换了浅斟低唱——柳永…………………………… 98

无可奈何花落去，似曾相识燕归来——晏殊……………… 102

人不寐，将军白发征夫泪——范仲淹……………………… 105

曾是洛阳花下客，野芳虽晚不须嗟——欧阳修………… 108

春风又绿江南岸，明月何时照我还——王安石………… 112

莫听穿林打叶声，何妨吟啸且徐行——苏轼…………… 116

万水千山，知他故宫何处——赵佶……………………… 122

生当作人杰，死亦为鬼雄——李清照…………………… 127

夜阑卧听风吹雨，铁马冰河入梦来——陆游…………… 131

童孙未解供耕织，也傍桑阴学种瓜——范成大………… 136

了却君王天下事，赢得生前身后名——辛弃疾………… 140

人生自古谁无死，留取丹心照汗青——文天祥………… 145

粉骨碎身浑不怕，要留清白在人间——于谦…………… 150

苟利国家生死以，岂因祸福避趋之——林则徐………… 155

我劝天公重抖擞，不拘一格降人才——龚自珍………… 159

中华民族的诗歌情结
——写在前面的话

　　中华民族对诗歌有着一种特殊的情结。早在几千年以前，我们的先人就开始创作和传诵诗歌。那时的诗歌内容十分广泛，而且语言质朴，开我国现实主义文学创作之先河。先人们在劳动时，唱"坎坎伐檀兮，置之河之干兮"；在控诉统治者暴敛时，唱"硕鼠硕鼠，无食我黍"；在向往美好爱情时，唱"关关雎鸠，在河之洲"……这些发自人们心底的对生活的祈盼，是"饥者歌其食，劳者歌其事"的纯朴表述。孔子说："《诗》三百，一言以蔽之，曰'思无邪'。"

　　从《诗经》开始，历朝历代，各个阶层的人们以不同的视角、地位和文化心理，用诗歌的方式来反映自己的物质欲望和精神需求，表述自己的理想、情操以及对美好事物的向往。更多的人即使自己不创作，也非常乐于聆听并传唱诗歌。这样就形成了中华民族特有的诗歌情结。这种情结古已有之，人皆有之。

唐代是我国诗歌创作最繁荣的时期。唐穆宗时，太学博士李涉去九江看望自己做江州刺史的弟弟李渤，在皖口遇见了一伙强盗。强盗问："来者何人？"李涉的随从回答道："太学博士李涉。"强盗头儿说："如果真的是李博士，你的东西我们秋毫无犯。久闻你的诗名，只要能给我们题一首诗就行了。"李涉沉吟片刻，随即口占绝句一首：

暮雨潇潇江上村，绿林豪客夜知闻。他时不用逃名姓，世上如今半是君。

大意是：在风雨潇潇的傍晚，我来到了江上这个小村。很荣幸你们知道我的名声。将来我要是逃避战乱也不用再隐瞒姓名了，因为这世上有许多像你们这样的绿林豪客。

这些绿林豪客听后，都非常高兴，不但没有为难李涉，还杀牛宰猪，置办酒席，热情地款待他。这个故事充分说明广大人民对诗歌的喜爱程度。

中华民族对于诗歌的历史承传，不仅历时久远，而且不分男女老幼，历朝历代都有各种年龄、身份的诗人创作出脍炙人口的诗歌。成年男子自不必说，在诗歌史上可以说是灿若繁星。单是著名女诗人就有西汉的班婕妤，东汉的蔡文姬，西晋的左芬，东晋的谢道韫，南朝的鲍令晖，唐代的薛涛、李冶，宋代的李清照、朱淑真,清末的秋瑾……再看少年诗人,以唐朝为例,"初唐四杰"王勃、杨炯、卢照邻、骆宾王都是少年成名,杜甫、李贺等也都是"少而能诗",最后成为著名的诗家。大家熟知的南宋大诗人陆游也是"年十二能诗文",一生留下的诗歌有九千三百多首。他曾在诗中说"损食一年犹可健,无诗三日却堪忧",这就是人们常说的"不可一日无诗"。这些都有力地说明中华民族的诗歌情结源远流长、弥足珍贵。

诗歌是歌唱者从心里流淌出来的心曲。古代经典的诗歌,每一首都是诗人用心血凝成的、从中可以窥出历史痕迹、写照诗人风骨的珍品。许多诗词后面都隐藏着鲜为人知的故事。那充满诗人爱国思想的诗篇,那热情歌颂戍边的心曲,那描绘百姓生活、反映时代风貌、倾诉诗人感受的豪歌,千百年来,有如淙淙细流,又似滔滔大河,从未间断地在我们心中流淌……正是这些富有灵性的诗词让我们能够穿越时空,重新回到那血与火、耕与织的时代,让我们看到一个又一个抛弃个人私利而为民请命、奔走呼号的仁人志士,看到杨柳下、溪水旁、茅屋中,或吟或唱的长袍宽袖的墨客文人;看到奇丽的边塞、静谧的田园、壮美的山川,穿过时空隧道,拨开岁月的尘烟,去真切体味古代先贤的彼时、彼地、彼情……

长太息以掩涕兮，哀民生之多艰
——屈原

西汉学者毛亨在为《诗经》所作的《大序》里写道："情动于中而形于言，言之不足，故嗟叹之；嗟叹之不足，故咏歌之……"我国伟大的爱国主义诗人屈原，就是在他所生活的特定历史环境中，先是"情动于中"，而后发出沉痛的嗟叹与长歌。

屈原名平，字原。他年轻时就表现出杰出的才能，因而做了楚怀王的左徒。屈原在内政上主张选贤任能，励精图治；在外交上则主张联齐合纵，对抗强秦的连横。在他的努力下，楚国国力有所增强，屈原也因此颇得怀王信任。这样就招来一些人的妒忌，他们在怀王面前搬弄是非，诽谤屈原。

秦昭襄王即位以后，以订立盟约为名，邀请楚怀王去秦国。楚怀王听信小人的教唆，不顾屈原的强烈反对去了秦国，结果被扣为人质。秦昭襄王要求楚国臣民用土地赎回楚怀王，被严词拒绝。国不可一日无君，楚国大臣立太子为新君，史称楚顷襄王。后来，饱受欺辱的楚怀王死在秦国。

一国之君客死他乡，是一个国家的奇耻大辱。屈原非常痛心，劝说楚顷襄王要亲近贤人，远离小人，鼓励将士，操练兵马，为楚国百姓和怀王报仇雪耻。可是他的忠言不但没有奏效，反而招来了小人们更大的仇视。

楚顷襄王听信了这些小人的谗言，把屈原放逐。屈原眼看祖国日益衰弱，亡国之祸就在眼前，不禁忧心如焚，常常徘徊在汨罗江边。他一边走，一边唱着泣血的诗歌：

长太息以掩涕兮，哀民生之多艰！余虽好修姱以鞿羁兮，謇朝谇而夕替。既替余以蕙纕兮，又申之以揽茝。亦余心之所善兮，虽九死其犹未悔！

大意是：我擦着眼泪发出长长的哀叹，哀叹人民的生活如此多灾多难！虽然我爱好修洁、严于律己，但一个正直敢言的人却遭到早晨被诟骂、晚上又被罢黜的厄运。既因为我佩带蕙草而贬黜我，又因为我采集香草而给我加上罪名。修美至善本是我一心追求的理想，即使让我死多少次也绝不会后悔！

有一天，屈原在江边遇见一个渔父。渔父说："您不是楚国的三闾大夫吗？怎么会弄到这步田地？"屈原说："这世上许多人都是污浊的，只有我是干净的；这世上许多人都喝醉了，只有我还清醒着。所以我被赶到这儿来了。"渔父说："既然这样，你就不该自命清高啊！"屈原说："我听人说，刚洗过头的人总要弹掉帽子上的灰尘，刚洗过澡的人总要抖落衣上的灰尘。我宁愿跳进江心，葬身鱼腹，也不能拿自己干净的身子跳到污泥中。"

公元前278年，秦军攻破了楚国的国都郢。屈原听到这个可怕的消息，悲痛欲绝。在极度的失望和痛苦中，他抱着一块大石，投入汨罗江中自杀了。

屈原深受楚国百姓的爱戴，听到他的死讯，百姓非常哀伤，纷纷到汨罗江边去凭吊他。人们划着船在江上来来回回，寻找打捞他的尸身，但一无所获。人们把食物扔到江里，希望水中的动物吃饱了就不去伤害屈原的身体了。这种纪念活动渐渐成为一种久传不衰的风俗，一直到现在，每年的五月初五，人们依然划龙舟，吃粽子，据说就是为了纪念屈原。

屈原的代表作有《离骚》《天问》等，他所开创的"楚辞"文体在中国文学史上独树一帜，对后世诗歌创作产生了深远的影响。

明 陈洪绶 屈子行吟图

老骥伏枥，志在千里

——曹操

曹操是三国时期杰出的政治家、军事家和文学家。他年轻时就机警而有权谋。当时的名臣乔玄十分欣赏他，说："天下将要大乱，非济世之才不能拯救。能安定天下的大概就是你吧！"

曹操二十岁的时候被举为孝廉，从此踏上了仕途。黄巾起义爆发后，曹操率部讨伐黄巾军，因功被封为济南相。在任期间，曹操显示了出色的政治才能，采取坚决有力的措施肃清纲纪，惩治腐败，杜绝了当地迷信鬼神、大建祠庙的风气。

因为政绩卓然，曹操被任命为东郡太守。他认为朝政衰落、权臣当道、外戚横行的局面一时难以改变，就没有赴任，而是称病返乡。

曹操曾在作品中提到这段经历："我在做济南相的时候，下定决心除残去秽，结果得罪了朝中掌权的宦官。我担心带来灾祸，便借病回到老家。当时还比较年轻，看一看同年被举为孝廉的人，有的已经五十岁左右了。即便我白白浪费二十年，等到天下清平了，我也才与他们现在的年龄相仿。因此我在谯东五十里的地方修筑精舍，想秋夏读书，冬春射猎，并谢绝了宾客们的交往，自我封闭起来。然而不能如愿。"

曹操为了实现远大的抱负暂且避世。他韬光养晦，等待机会。

后来，董卓起兵，挟持汉献帝到了长安，各路军阀纷纷对董卓进行征讨，曹操也参与其中。他表现英勇，指挥得当，表现出了政治家的坚韧和军事家的睿智。

就这样，曹操取得了一个又一个胜利，军事实力逐渐扩大，政治地位也不断上升，奠定了他铲除割据势力、平定北方的坚实基础。

五十三岁的时候，曹操率军征伐当时东北方的大患乌桓。这是曹操统一北方大业中的一次重要战争。远征途中，曹操写下了组诗《步出夏门行》，《龟虽寿》是其中最具哲理，最积极进取、催人奋进的豪歌：

神龟虽寿,犹有竟时。腾蛇乘雾,终为土灰。老骥伏枥,志在千里;烈士暮年,壮心不已。盈缩之期,不但在天;

养怡之福，可得永年。幸甚至哉，歌以咏志。

大意是：神龟的寿命虽然十分长久，但也有生命终了的时候。螣蛇尽管能乘雾飞行，终究也要死亡而化为土灰。年老的千里马伏在马槽边，它的雄心壮志是驰骋千里。具有远大抱负的人即使到了晚年，奋发进取的雄心也不会止息。人的寿命长短，不只是由上天所决定的。只要自己调养好身心，也可以益寿延年。真是幸运极了，用歌唱来表达自己的思想感情吧！

这首诗慷慨豪迈，充满生命不息、奋斗不止的豪情壮志，激励着后人不断进取。据《世说新语》记载，东晋大将军王敦，每次饮酒之后都要一边咏唱"老骥伏枥，志在千里；烈士暮年，壮心不已"，一边用镶玉的如意敲击唾壶打拍子，以致唾壶壶口上尽是缺口。

曹操是出色的政治家和军事家。东汉末年，天下大乱，群雄并起，逐鹿中原。曹操戎马一生，消灭了北方众多割据势力，初步平定了北方，为曹丕建立曹魏政权奠定了基础。曹操曾经说"如果国家没有我，不知有多少人称帝称王"，不是虚言。

曹操像

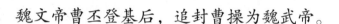

魏文帝曹丕登基后，追封曹操为魏武帝。

曹操的文学成就也很高。他的诗歌虽然采用汉乐府旧题，却能自出新意，不尚藻饰，慷慨悲凉，一改当时的文风，鲁迅先生称赞他是"改造文章的祖师"。他和他的儿子曹丕、曹植在文学史上并称"三曹"，都为后人留下了光辉的篇章。

"往事越千年，魏武挥鞭，东临碣石有遗篇。"我们就以曹操的《观沧海》结束曹操的部分吧！

观沧海

东临碣石，以观沧海。水何澹澹，山岛竦峙。树木丛生，百草丰茂。秋风萧瑟，洪波涌起。日月之行，若出其中；星汉灿烂，若出其里。幸甚至哉，歌以咏志。

本自同根生，相煎何太急

——曹植

人们在称赞某人有学问、有才干的时候常常说他"才高八斗"，你知道这个成语的来历吗？

这是南朝诗人谢灵运称赞曹植的话。谢灵运说，天下的才华共有一石（十斗为一石），曹植独占八斗，我得一斗，天下其他人共分一斗。

曹植字子建，是曹操的儿子。他从小聪颖过人，深得曹操的宠爱。曹操去世后，曹丕废汉称帝，史称魏文帝。曹操在世时，曹植非常得宠，曾给曹丕造成了不小的威胁。曹丕登基后，仍然十分忌惮曹植，屡屡贬谪他，不断改换他的封地，曹植因此郁郁不得志。

相传，曹丕曾让曹植在七步之内作出一首体现兄弟感情的诗，但全诗不能出现"兄弟"二字，否则就杀了他。曹植不假思索，吟出了这首千古传诵的《七步诗》：

煮豆持作羹，漉豉以为汁。萁在釜下燃，豆在釜中泣。
本自同根生，相煎何太急？

大意是：锅里煮着豆子，把豆子的残渣过滤出去留下豆汁来做羹。豆萁在锅底下燃烧，豆子在锅里哭泣：豆子和豆萁本来是同根所生，豆萁煎熬豆子却为什么要这样急迫呢？

这首诗用同根而生的萁和豆来比喻兄弟，用萁煎豆来比喻哥哥残害弟弟。诗中虽然没有露出"兄弟"的字样，却形象而深刻地反映出封建统治集团内部兄弟相残的政治斗争。

吟罢，曹植对曹丕说："我们虽有君臣之分，但毕竟是骨肉同胞，何必手足相残？我根本无意与你争夺权力，不管谁是君主，我都会忠心不二地跟随，毫无怨言。你要杀我轻而易举，何必如此大费周章？你今天的行为，父亲在九泉之下得知也是不能瞑目的。"曹丕听了，面有愧色，无言以对。

后来，曹丕病死，曹丕的儿子曹叡即位，史称魏明帝。魏明帝依然不肯重用曹植。曹植空有满腹才华与远大抱负，却始终不得施展，最终忧郁而死，终年只有四十一岁。

曹植对我国诗歌艺术有很多创新和发展，在五言诗的创作上贡献尤其大。他的诗中有不少精彩的语句一直流传到现在，成为成语或典故。如"瓜田不纳履，李下不整冠""捐躯赴国难，视死忽如归"等。

未若柳絮因风起

——谢道韫

　　《三字经》中说:"蔡文姬,能辨琴;谢道韫,能咏吟。"《世说新语》记载,谢安曾在一个雪天和子侄们讨论如何形容飞雪。侄儿谢朗说:"撒盐空中差可拟。"意思是跟空中撒盐差不多。侄女谢道韫则说:"未若柳絮因风起。"把飞雪比作风卷柳絮。谢道韫的比喻显然更为精妙,受到了众人的嘉许。从此"咏絮之才"也成为称许才女的常用典故。

　　谢道韫出身于陈郡谢氏,是谢安的侄女、谢奕的女儿,也是王羲之次子王凝之的妻子。她虽然是一位女诗人,但诗中毫无脂粉之气,而是充满阳刚、豁达之情怀。我们来欣赏一下她的《泰山吟》:

　　　峨峨东岳高,秀极冲青天。岩中间虚宇,寂寞幽以玄。

非工非复匠，云构发自然。器象尔何物，遂令我屡迁。

逝将宅斯宇，可以尽天年。

大意是：巍峨的泰山啊你是如此高峻，秀丽的峰顶直插青云。逶迤的山岩隔开了空旷的天地，显得那么空静、幽远。这并不是能工巧匠的杰作，那精巧的构造是上天赐予，自然形成。我要问那造化究竟是何物，为什么让我屡遭流离、搬迁？我下决心就住在这里，在这有如仙境的地方乐享天年。

魏晋时期十分讲究门当户对，谢道韫在家族的安排下，与琅琊王氏联姻，嫁给了大书法家王羲之的次子王凝之。王凝之虽然出身名门，但是才智平平。谢道韫的父辈和兄弟里有许多非常出色的男子，相比之下王凝之实在是乏善可陈。谢道韫很看不上他，回到娘家，忍不住抱怨："不料天地之间，竟有王凝之这样的人！"

有一次，王凝之的小弟王献之与人清谈，说到激烈处，王献之渐渐词穷，落了下风。谢道韫正好路过，便叫婢女告诉王献之，愿出来为小叔解围。王献之求之不得。谢道韫端坐在帘幕之后，对王献之的前议加以肯定，引经据典，侃侃而谈，立意高远，理畅辞达。客人理屈词穷，甘拜下风。

事实证明，被谢道韫瞧不起的王凝之确实是一个糊涂虫。有一年，浙江一带爆发了民变，首领孙恩率众攻打会稽。身为会稽太守，王凝之居然毫不设防，每天只是闭门默祷。他对手下诸将说："我已请得道祖允诺，派遣天兵天将相助，城池可保无忧了。"简直天真得可笑。

由于官兵毫无防备，孙恩的大军一路长驱直入，势如破竹，攻破了会稽，王凝之及诸子都被杀了。危急关头，谢道韫十分镇定，命令婢仆执刀仗剑，乘乱突围出城。她手持武器，奋勇迎战，终因寡不敌众而被俘。谢道韫和三岁的小外孙都被送到孙恩面前。孙恩以为这个小孩儿是王氏子孙，命令左右将他杀死。谢道韫厉声说："这是王家的事，关其他人什么事？这个小孩是我的外孙刘涛，如果一定要杀他，就先杀了我吧！"孙恩早就听说谢道韫的才名，此时见她义正辞严，临危不惧，不禁叹服，对她客气相待，不但不杀她的小外孙，而且命令属下善加保护，送她安返故居。

虽然晚年遭遇丧夫失子之痛，但谢道韫并没有因此而沉沦，依然优雅从容，不愧为一代奇女子。

采菊东篱下，悠然见南山

——陶渊明

东晋有一位大诗人，他"不为五斗米折腰"。你知道这位诗人的故事吗？

陶渊明名潜，字元亮。他自幼修习儒家经典，有非常远大的志向。可是当时社会黑暗，他的抱负根本无法实现，他耿直倔强的性格更是与当时的社会格格不入。

明 李在 归去来兮图（局部）

为了生存，陶渊明最初做过州里的小官，因为看不惯官场丑态，不久便辞职回家了。他既要保持自己的道德情操，又要维持家中的柴米油盐，只好过着时隐时官的清贫生活。后来，为了生计，陶渊明出任彭泽县令。有一次，上面派督邮来视察。下属告诉陶渊明："您得穿戴整齐去迎接他。"陶渊明说："我不愿意为了五斗米的薪俸就低声下气去向这些人献殷勤！"当天就弃官而去，开始了他的归隐生活。他在《归去来兮辞》里表达了辞官回家时的轻松愉悦之情：

> 舟遥遥以轻飏，风飘飘而吹衣。问征夫以前路，恨晨光之熹微。乃瞻衡宇，载欣载奔。僮仆欢迎，稚子候门。三径就荒，松菊犹存。携幼入室，有酒盈樽。

你看，船在水面飘荡，风吹拂着衣衫。看到家门，诗人高兴得跑了起来。家人都在欢迎他，还有美酒相待。这是何等的快乐，何必让污浊的官场污染了自己的节操！

此后，陶渊明一面读书为文，一面耕种劳作，写下了许多恬淡自然、醇厚隽永的诗篇。我们来欣赏他的《饮酒·其五》：

> 结庐在人境，而无车马喧。问君何能尔，心远地自偏。采菊东篱下，悠然见南山。山气日夕佳，飞鸟相与还。此中有真意，欲辨已忘言。

诗人简陋的居室建在人来人往的地方，但从没有令他劳神应酬的达官贵人的车马喧闹。为什么能如此超凡洒脱？如果心灵避离尘俗，自然就会感觉幽静淡远。诗人在东篱下采撷清馨的菊花，悠闲随意地远眺南山。山中的雾霭到黄昏的时候显得十分悦目，鸟儿们结伴飞回。这返璞归真的感觉，诗人已经没有更好的语言去表达了。

但是现实并不像诗歌那样美好。农田不断受灾，房屋又被火烧，陶渊明的生活越来越艰难。尽管如此，他仍然安于清贫。朝廷征召他任著作郎，也被他断然拒绝。

六十三岁时，陶渊明在穷困潦倒中去世。他的友人赠他一个谥号"靖节"，称赞他的高洁操守。后世因此称陶渊明为"陶靖节"。

陶渊明开创了诗歌创作的新领域——田园诗。他恬淡隽永、朴实无华的诗歌和"不为五斗米折腰"的风骨，对后世产生了深远的影响。

无人信高洁，谁为表予心
——骆宾王

骆宾王是唐代诗人，"初唐四杰"之一。他幼有神童之名，七岁时就写出了家喻户晓的《咏鹅》：

鹅鹅鹅，曲项向天歌。白毛浮绿水，红掌拨清波。

骆宾王担任侍御史时，正是武则天掌权的时候。他秉公执法，直言进谏，得罪了一些权贵。一些别有用心的人诬告骆宾王贪污，他因此获罪下狱。

骆宾王被人诬陷，身陷囹圄，内心的愤慨和痛苦可以想见。在狱中，他写下了著名的《在狱咏蝉》：

西陆蝉声唱，南冠客思侵。那堪玄鬓影，来对白头吟。
露重飞难进，风多响易沉。无人信高洁，谁为表予心？

深秋的寒蝉不停地鸣唱，勾起了诗人的愁绪，难以平复。他看到蝉的黑色翅膀，不禁想到自己年华虚度，只能独自吟诵哀怨的诗。浓重的秋露打湿了蝉翼，让它欲飞而不能。秋风又淹没了微弱的蝉鸣。无人知道诗人像秋蝉般清廉高洁，他又能向谁去表白衷肠？

　　还好这场牢狱之灾没有持续很久，第二年骆宾王就被赦免了。他又做了一段时间的官，很不得志，就辞官而去。

　　后来，徐敬业起兵讨伐武则天，骆宾王投奔了他，负责起草军中文书。

　　骆宾王不仅诗写得好，文章也非常出色，他写的讨伐武则天的檄文，连被讨伐的对象武则天都很欣赏。文中写道：

　　　豺狼成性，近狎邪僻，残害忠良。杀姊屠兄，弑君鸩母。……一抔之土未干，六尺之孤安在？……请看今日之域中，竟是谁家之天下！

　　言辞犀利，气势磅礴。武则天是个有气度的人，让人把檄文念给她听。她对那些辱骂她的话并不在意，但后来听到"一抔之土未干，六尺之孤安在？"这一句，惊出一身冷汗。因为这句的确切中要害，在封建社会中，子承皇位是天经地义的，怎么能让异姓做皇帝呢？武则天忙问旁边的侍从这文章是谁写的。当得知这篇文章出自骆宾王之手时，武则天赞叹不已，说："这么好的人才没有得到重用，是宰相的过错！"

徐敬业讨伐武则天失败后，骆宾王下落不明。有人说他被杀了，有人说他逃走了，更神奇的说法是他在灵隐寺出家为僧。

《唐才子传》记载，诗人宋之问游灵隐寺，晚上在长廊下吟诗："鹫岭郁岧峣，龙宫锁寂寥。"起了个头，苦苦思索下句不得。有一个老僧点着灯打坐，问他："年轻人晚上不睡觉，吟什么诗？"宋之问便把诗句告诉了他。老僧笑着说："为什么不对'楼观沧海日，门对浙江潮'？"这两句开阔壮丽，气象恢弘，比首句高明多了，宋之问惊讶不已。

天亮之后，宋之问再去拜访老僧时，老僧已经不见了。寺中知道底细的僧人说："这位老僧就是骆宾王。"

这个传说虽然出自野史，但反映了人们对这位命运坎坷的才子的同情。人们不希望他不得善终，在想象中寄托了美好的愿望。

海内存知已，天涯若比邻
——王勃

"初唐四杰"之一的王勃，字子安，大家非常熟悉。他的《送杜少府之任蜀州》中的"海内存知已，天涯若比邻"一句更是尽人皆知。我们来欣赏一下这首诗：

城阙辅三秦，风烟望五津。与君离别意，同是宦游人。
海内存知已，天涯若比邻。无为在歧路，儿女共沾巾。

朋友就要远行，诗人与他分手作别。大家都是远离故乡出外做官的人，是这世间的知已。只要彼此心心相印，纵然相隔万里也如同近在比邻。没必要在分手的歧路上，像小儿女一般泪湿衣巾。

王勃出生于书香之家，从小酷爱读书。664年，太常伯刘祥道巡行至关内，年仅十四岁的王勃上书给刘祥道，提出自己对治理国家的见解。刘祥道看后称其为奇才，把他举荐给唐高宗。唐高宗非常欣赏王勃的才干，封他为朝散郎。古代男子二十岁才可以行冠礼，表示已经成年。王勃是历史上少有的未及冠而成为朝廷命官的人。

王勃在职期间，写下了大量优美的诗文。

675 年，王勃去交趾看望父亲，路过南昌时，正赶上都督阎伯屿新修滕王阁毕，在滕王阁大宴宾客。王勃前往拜见。阎伯屿早就闻知他的名气，便请他也参加宴会。阎伯屿此次宴客，是为了向大家夸耀女婿的才学。他让女婿事先准备好一篇序文，在席间当作即兴所作写给大家看。宴会上，阎伯屿让人拿出纸笔，假意请诸人为这次盛会作序。大家知道他的用意，都推辞不写；王勃却毫不推辞，接过纸笔，当众挥笔而书。阎伯屿老大不高兴，拂衣而起，转入帐后，让人去看王勃写了些什么。

江西南昌滕王阁

听说王勃开首写道"豫章故郡，洪都新府"，阎伯屿便说："不过是老生常谈。"又听到"星分翼轸，地接衡庐"，不禁沉吟不语。

等听到"落霞与孤鹜齐飞，秋水共长天一色"，阎伯屿不得不叹服："此真天才，当垂不朽矣！"

《滕王阁序》文末有一首诗：

> 滕王高阁临江渚，佩玉鸣鸾罢歌舞。画栋朝飞南浦云，
> 珠帘暮卷西山雨。闲云潭影日悠悠，物换星移几度秋。
> 阁中帝子今何在？槛外长江空自流。

这首诗概括了序文的内容，抚今追昔，笔意纵横，与《滕王阁序》交相辉映。

令人惋惜的是，在写下名垂千古的《滕王阁序》的第二年，王勃在渡海时不幸溺水，惊悸而死，年仅二十七岁。

儿童相见不相识，笑问客从何处来
——贺知章

唐朝是一个诗人辈出的辉煌时代。杜甫有一首《饮中八仙歌》，写了八个有名的酒仙，第一个就是贺知章：

知章骑马似乘船，眼花落井水底眠。

诗中提到的贺知章是唐代著名诗人，他性格旷达，自号"四明狂客"，素有"诗狂"之称。

贺知章和李白是好朋友。据李白回忆，他们第一次见面是在长安紫极宫。见李白风度翩翩，贺知章不禁由衷感叹："简直是天上谪仙人！"他迫不及待地想看

明 尤求 饮中八仙图之贺知章

看李白的新作，李白就拿出《蜀道难》给他。贺知章读到一半就忍不住拍着桌子叫好，说："这诗只有天上的谪仙才能写得出来！"

两人相见恨晚，贺知章邀请李白同去饮酒。酒逢知己千杯少，到了结账的时候，贺知章发现自己没有带钱，就把腰间系着的金龟解下来付账。这个"金龟"到底是什么，我们不得而知。有人说"金龟"是金饰龟袋。龟袋是唐代官员的配饰，三品以上的官员所佩龟袋才能用金装饰。贺知章毫不犹豫地把象征身份的龟袋拿来换酒，足见他的潇洒旷达以及对朋友的真诚。

此后，贺知章不遗余力地向唐玄宗推荐李白，唐玄宗也喜爱李白的才华，任命他为翰林待诏。不过这个翰林待诏李白做得并不开心，这是后话，此处不表。

贺知章的诗歌留存的不多，但不乏精品。我们非常熟悉的《咏柳》就是他的作品：

碧玉妆成一树高，万条垂下绿丝绦。不知细叶谁裁出，二月春风似剪刀。

高高的柳树长满了翠绿的新叶，轻柔的柳枝垂下来，就像绿色的丝带。这细细的嫩叶是谁的巧手裁剪出来的呢？二月里温暖的春风就像一把灵巧的剪刀。这首诗明白晓畅，清新脱俗，写出了春天的美好和大自然的工巧。

八十六岁时，贺知章告老还乡，此时他离开家乡已经五十多年了。人生易老，世事沧桑，贺知章感慨良多，写下两首《回乡偶书》：

少小离家老大回，乡音无改鬓毛衰。儿童相见不相识，笑问客从何处来。

离别家乡岁月多，近来人事半消磨。唯有门前镜湖水，春风不改旧时波。

诗人年少时就离开家乡，到了迟暮之年才回来。乡音虽然没有改变，但鬓角的毛发却已经稀疏。孩子们看见他都不认识，笑着问："您是从哪里来的呀？"诗人离别家乡的时间已经很长了，回家后才感觉到许多熟悉的人、事都已不复存在。只有门前镜湖的水依然同旧时一样，在春风吹拂下泛起波纹。

贺知章回乡时年事已高，不久就病逝了。李白听到这个消息，十分悲痛，写下了《对酒忆贺监二首》：

四明有狂客，风流贺季真。长安一相见，呼我谪仙人。昔好杯中物，今为松下尘。金龟换酒处，却忆泪沾巾。

狂客归四明，山阴道士迎。敕赐镜湖水，为君台沼荣。人亡余故宅，空有荷花生。念此杳如梦，凄然伤我情。

诗中回忆了两人当年的交往，表达了对朋友的深切怀念。

贺知章和李白两位大诗人的交往以及他们之间真诚的友谊，是文学史上的一段佳话。

念天地之悠悠，独怆然而涕下
——陈子昂

　　陈子昂，字伯玉，初唐文学家。他早年曾有慕侠之心，怀济世之志，十七八岁时还没有认真读书。后来，他击剑伤人，才开始弃武习文。

　　陈子昂学有所成，入京应试。当时的风气，在科举考试之前，考生最好有社会名流和达官贵人的推荐，考中的希望会大大增加。陈子昂在京城举目无亲，接触不到名流与贵人，他必须另辟蹊径。

　　一天，陈子昂在街上闲逛，正好遇见一群人在围观一把古琴。卖主说这琴是稀世珍宝，开出天价。大家都说："确实是好琴，可是也太贵啦！"陈子昂挤进人群，出重金把它买下。众人纷纷称奇，有人问："既然公子善琴，可否弹奏一曲？"陈子昂说：

"明日请各位光临宣德里，我演奏给你们听。"

第二天，人们三五成群，如约来到宣德里，等着大开眼界。陈子昂见围观的人里三层外三层，足够多了，就把琴高高举起，"啪"的一声摔在地上，名贵的古琴顿时四分五裂。众人见此情景，瞠目结舌。陈子昂说："我叫陈子昂，自小饱读诗书，写有诗文百篇，风尘仆仆来到京城，却没有人赏识我。我摔琴你们觉得可惜，我怀才不遇你们就不觉得可惜吗？"说罢就拿出自己的诗文，发给在场的人看。大家看罢诗文，无不交口称赞："真是好文章！"陈子昂从此名声大噪。

尽管如此，陈子昂还是落榜了。他并不气馁，两年后再次进京应试，如愿以偿地中了进士。陈子昂非常高兴，以为终于可以为国效力了。可是，因为朝中无人推荐，陈子昂并没有得到官职，只能等候补缺。

后来，唐高宗李治在洛阳驾崩，武则天掌握了朝中大权，想把李治的灵柩运回长安安葬。陈子昂认为这会加重百姓的负担，不顾自己人微言轻，大胆上书武则天。武则天读了陈子昂的上书，很欣赏他的才华和胆识，就破格提拔了他。

陈子昂非常感激武则天的赏识。为了报效国家，他多次上书提出自己的治国方略。虽然武则天非常欣赏陈子昂的文学才华，也多次召见了他，但召见归召见，对他的建议却置之不理。陈子昂始终未能受到重用，感到非常郁闷。

后来，契丹人攻打唐朝边境，武则天派武攸宜带兵出征。陈子昂主动上书请求随军效力，武则天就让他当随军参谋。谁知大军出师不利，前锋部队被一举击败，军心浮动。陈子昂见此情景，主动请缨，要求率领一队人马前往破敌。但昏庸无能的武攸宜见先头部队受挫，已经吓破了胆子，不仅没有听从陈子昂的建议，反而把他降职。

在极度失意中，陈子昂登上了蓟北楼。极目远望，他想到燕昭王曾在这里建立黄金台，招揽天下贤士，以求振兴国家。自己虽然满腹才学，有一腔报国热情，却接连受挫，还要受武攸宜这种庸人的欺压，前途渺茫，不知何时才能有出头的机会。抚今追昔，陈子昂心潮起伏，挥笔写下了千古传诵的《登幽州台歌》：

前不见古人，后不见来者。念天地之悠悠，独怆然而涕下！

壮志难酬，陈子昂把积压的感情都通过诗文表达出来。他的诗歌清新刚健，一扫齐梁以来绮靡病态的诗风，对唐诗的发展产生了重要影响。

从征归来之后，陈子昂见政治抱负不能实现，就辞官归乡，想过几年闲适的日子。谁知连这点小小的愿望也不能实现，回乡没几年，陈子昂就被奸人陷害，冤死在狱中。

海上生明月，天涯共此时

——张九龄

　　"海上生明月，天涯共此时。"这句寄托无限深情的诗，大家是多么熟悉呀！尤其是思念亲人的时候，一想到它，就感到远隔千里的亲人都在同一时刻仰望明月，"千里共婵娟"。这首诗的作者就是开元年间的名相、诗人张九龄。

　　张九龄的诗和雅清淡，我们来欣赏他的《望月怀远》：

　　海上生明月，天涯共此时。情人怨遥夜，竟夕起相思。灭烛怜光满，披衣觉露滋。不堪盈手赠，还寝梦佳期。

你看，茫茫的海上升起一轮明月，诗人与亲人虽相隔天涯海角，但此时都在望着月亮彼此思念。有情人怨恨长夜漫漫，彻夜难眠而把亲人怀想。熄灭蜡烛，是因为怜惜这满屋月光；披衣徘徊，深感夜露寒凉。既然不能把美好的月色捧给亲人，那还是进入梦乡，希望能在梦中与思念的人相见。

从这首诗中，我们可以看出诗人对家乡、对亲人那浓浓的深情。

张九龄不但是出色的诗人，也很有政治才能。他勤政为民，务实纯朴，刚正清廉，为"开元之治"贡献了自己的力量。大臣们每每引荐公卿，唐玄宗一定问："你推荐的这个人有张九龄的风度吗？"张九龄俨然是选贤的标杆，可见唐玄宗对他的认可。

张九龄颇有政治眼光，很早就看出了安禄山的狼子野心。安禄山最初以范阳偏校的身份入朝奏事，十分傲慢骄横。张九龄对裴光庭说："将来扰乱幽州的，必定是这个胡儿！"

后来，安禄山作战失利，范阳节度使张守珪捉拿他到京城问罪。按照朝廷典章，应该对安禄山执行死刑。张九龄上奏说："张守珪的军令一定要执行，安禄山不应该免除死罪！"唐玄宗不听，特赦了安禄山。张九龄坚决反对，唐玄宗却心意已决，不耐烦地说："你不要误害了忠诚善良的人！"竟然放虎归山，让安禄山回到藩地。

后来，安禄山果然起兵谋反，史称"安史之乱"。这场动乱旷日持久，给人民造成了极大的苦难，大唐王朝也因此大伤元气，虽然平定了叛乱，却再也回不到从前的盛世了。

叛乱初起时，为了避难，唐玄宗仓皇出逃。走到马嵬坡的时候军队哗变，唐玄宗被迫赐死了自己的爱妃杨贵妃。逃难之路十分艰辛，唐玄宗想起当初张九龄要求依法处置安禄山，自己却一意孤行，不肯听从他的逆耳忠言，以至于酿成今日之大祸，不禁追悔莫及，潸然泪下。此时张九龄已经病逝，唐玄宗特意下旨褒奖他。

待到重阳日，还来就菊花

——孟浩然

春眠不觉晓，处处闻啼鸟。夜来风雨声，花落知多少？

这首《春晓》大家太熟悉了，但是你熟悉这首诗的作者孟浩然吗？

孟浩然是唐代诗人。他早年曾有用世之志，但仕途失意。他洁身自好，不趋炎附势，李白、王维、王昌龄、杜甫等人都是他的好朋友。李白曾经写诗赞美他：

吾爱孟夫子，风流天下闻。红颜弃轩冕，白首卧松云。
醉月频中圣，迷花不事君。高山安可仰，徒此揖清芬。

有一次，孟浩然应一位友人所邀，到他家做客。恬静美丽的村庄和安逸的田园生活使孟浩然忘却了仕途的烦恼，被老朋友淳朴真挚的友情所感染。酒酣意畅之后，孟浩然提笔作了一首《过故人庄》：

> 故人具鸡黍，邀我至田家。绿树村边合，青山郭外斜。
> 开轩面场圃，把酒话桑麻。待到重阳日，还来就菊花。

你看，老朋友准备好了肥鸡和黄米饭，邀请诗人到他的农舍做客。绿树环绕着小村，城外是连绵不断的青山。诗人和老朋友打开窗子面对着谷场和菜园，端起酒杯谈论起庄稼的收成。两人约好，等到重阳节的那一天，诗人还要再来欣赏菊花，与老朋友饮酒叙话。

古代读书人大都想"学而优则仕"，孟浩然也不例外。传说有一天，孟浩然正在王维的官署做客，唐玄宗突然驾临。天子驾到，孟浩然不免有点慌乱，仓促之间不知如何应对，竟躲到了床底下。唐玄宗进来后，察觉官署里还有其他人。王维不敢欺君，只好把孟浩然叫了出来。现场的气氛尴尬又紧张。唐玄宗对孟浩然说："你的诗名朕早就听说了，你最近可有什么新作？"

这是一个千载难逢的好机会，皇帝亲自索求诗作，如果被看中，那前途自然不可限量。但孟浩然却不知怎么的，一辈子写了那么多好诗，这回见了皇帝，却偏偏献上了一首《岁暮归南山》：

> 北阙休上书，南山归敝庐。不才明主弃，多病故人疏。

白发催年老，青阳逼岁除。永怀愁不寐，松月夜窗虚。

唐玄宗看了，非常不高兴。尤其是"不才明主弃"一句，简直是在发牢骚。唐玄宗沉着脸说："先生，君为大才，我非明主。不是我不用你，是你从来都没找过我呀！你不来找我，却说我抛弃你，这是从何说起？既然如此，你还是回到你的南山去吧！"这句话把孟浩然的仕途堵死了。

孟浩然是山水田园诗人的代表，他的诗歌以山水田园风光和隐逸生活为主要题材，风格冲淡自然，给唐代诗坛带来了新鲜的气息。

洛阳亲友如相问，一片冰心在玉壶
——王昌龄

王昌龄是著名的边塞诗人，被后人誉为"七绝圣手"。他家境贫寒，经历坎坷，年近三十才中进士。他乐观旷达，与高适、王之涣等诗人交往甚密。

《集异记》记载，开元年间的一个雪天，王昌龄、高适和王之涣三人相约到旗亭酒楼饮酒，正赶上梨园伶官数十人在此举行宴会。三位诗人围着火炉，边喝酒边在旁边观看。三人提议："咱们三个在诗坛齐名，难分高下。今日何不比试一下，等会儿她们唱起歌来，谁的诗被唱得多，谁拔头筹。"

第一个姑娘唱道：

寒雨连江夜入吴，平明送客楚山孤。洛阳亲友如相问，一片冰心在玉壶。

这是王昌龄的《芙蓉楼送辛渐》。在一片喝彩声中，王昌龄十分得意地在墙上划了一横，说："我有一首啦！"

第二个姑娘接着唱道：

> 开箧泪沾臆，见君前日书。夜台何寂寞，犹是子云居。

这是高适《哭单父梁九少府》的前四句。高适也得意地在墙上划了一横。

第三个姑娘唱道：

> 奉帚平明金殿开，且将团扇共徘徊。玉颜不及寒鸦色，
> 犹带昭阳日影来。

这是王昌龄的《长信秋词五首·其三》。

王昌龄又在墙上划了一横，说："我有两首啦！"

王之涣说："这几个小姑娘也就会唱你们俩那些下里巴人的诗，怎会唱我的阳春白雪之诗？"他指着一个最美的姑娘说："她唱的如果不是我的诗，我就一辈子不和你们比了。"

过了一会儿，这个仪态高雅的姑娘开唱：

谢稚柳 旗亭赌唱图

黄河远上白云间，一片孤城万仞山。羌笛何须怨杨柳，春风不度玉门关。

　　正是王之涣的《凉州词》。王之涣笑道："两个村夫，我可没说大话！"三人抚掌大笑。

　　这就是"旗亭画壁"的故事。虽然是野史，但也足见王昌龄诗歌的影响。

　　王昌龄的《出塞二首·其一》被后人誉为唐人七绝的"压卷之作"，我们来看一下：

　　秦时明月汉时关，万里长征人未还。但使龙城飞将在，不教胡马度阴山。

　　一轮明月照着边疆，"今人不见古时月，今月曾经照古人"，边疆寥廓，气氛苍凉，又有悠久的历史感。只要有能征善战的将军在，一定能击退强敌，保家卫国。这首诗的感情非常复杂，有对边关将士的同情，有对和平的期盼，有对朝廷不能选贤任能的不满，也有澎湃的爱国激情。

　　安史之乱爆发后，王昌龄想回老家，途经亳州时被刺史闾丘晓杀害。《唐才子传》说王昌龄"以刀火之际归乡里，为刺史闾丘晓所忌而杀"——闾丘晓嫉妒王昌龄的诗才与名气，一代诗杰就这样永远地消失了。

　　王昌龄冤死后不久，河南节度使张镐奉命平定安史之乱，闾丘晓不听指挥，被张镐以贻误军机罪处死。临刑时闾丘晓乞求张镐放他一条生路，说家里还有老人需要赡养。张镐一句话就把他挡了回去："王昌龄的母亲又让谁来赡养呢？"闾丘晓无言以对。

王昌龄死时还不到六十岁，如未被害，定会有更多佳作问世。后人痛恨闾丘晓扼杀了诗人的生命，也毁灭了更多传诵千古的名篇。

安能摧眉折腰事权贵，
使我不得开心颜——李白

李白是我国伟大的浪漫主义诗人，他的一生都极富传奇色彩。传说他的母亲梦见太白金星而生下他，所以给他取名叫李白，字太白。

李白年少时就才华横溢，是个不折不扣的天才。他很有侠气，轻财好施，四处游历，"痛饮狂歌空度日，飞扬跋扈为谁雄"。

天宝初年，李白从蜀中来到京城长安，与贺知章结为忘年交，留下一段文坛佳话，我们在前面的故事里已经讲过了。

唐玄宗久闻李白才华横溢，又见他仪表非凡，气宇轩昂，非常高兴，让他做翰林待诏。

"仰天大笑出门去，我辈岂是蓬蒿人"，李白想一展抱负，唐玄宗却只想让他侍宴、作诗，无意让他参与国家大事。想象和现实差距太大，李白十分苦闷。"安能摧眉折腰事权贵，使我不得开心颜！"他本来就爱喝酒，失意之下喝得更厉害了。杜甫的《饮中八仙歌》写道：

> 李白一斗诗百篇，长安市上酒家眠。天子呼来不上船，
> 自称臣是酒中仙。

有一天，唐玄宗和杨贵妃在沉香亭观赏牡丹，下令乐师李龟年率梨园弟子唱歌奏乐助兴。唐玄宗说："赏名花，对妃子，怎么还能用旧词？速召李白来填写新歌词！"侍从们赶紧出宫去找李白。

谁知李白正在酒楼喝得酩酊大醉，听见有人叫他，勉强抬起眼皮，口齿不清地说："我醉欲眠君且去。"皇帝还在宫里等着，大家没办法，一面把凉水洒在李白脸上，希望他能清醒清醒，一面七手八脚把他拽起来拖到车上，送到宫里。

李白酒醒了一点儿，跟跟跄跄地参见唐玄宗。唐玄宗爱惜他的才华，也不怪罪，让他速速写新歌词来。李白领命坐下，觉得脚上的靴子很不舒服，就对一旁的高力士说："帮我把靴子脱下来！"

高力士是唐玄宗跟前最得宠的宦官，权力很大，文武百官奉承他都来不及，还从来没有人敢这样使唤他。但唐玄宗和杨贵妃都在一旁等着，高力士只得忍气替李白脱下了靴子。

李白没了靴子的束缚，不假思索，挥笔写下了三首《清平调》：

云想衣裳花想容，春风拂槛露华浓。若非群玉山头见，会向瑶台月下逢。

一枝红艳露凝香，云雨巫山枉断肠。借问汉宫谁得似？可怜飞燕倚新妆。

名花倾国两相欢，长得君王带笑看。解释春风无限恨，沉香亭北倚阑干。

这三首诗以牡丹为衬托，以丰富的联想、精妙的比喻写出了杨玉环超凡脱俗的美丽。唐玄宗和杨贵妃十分满意，李龟年立刻带人演唱起来。

但是高力士对脱靴一事始终耿耿于怀，伺机报复。有一天，杨贵妃正在吟唱《清平调》，高力士不怀好意地说："娘娘您怎么还在吟这些诗？李白在讽刺您呢！他把您和赵飞燕相比，这赵飞燕的名声可不怎么好！"杨贵妃听了很生气，从此十分讨厌李白。

李白得罪了唐玄宗身边的杨贵妃、高力士等人，这些人自然不能让他继续留在皇帝身边了。他壮志难酬，孤独愤懑，借酒消愁，写下了著名的《月下独酌四首》。我们来看第一首：

花间一壶酒，独酌无相亲。举杯邀明月，对影成三人。
月既不解饮，影徒随我身。暂伴月将影，行乐须及春。
我歌月徘徊，我舞影零乱。醒时同交欢，醉后各分散。
永结无情游，相期邈云汉。

诗人备下了一壶美酒，摆在花丛之间，自斟自酌。他举起酒杯邀请明月同饮，加上自己的影子，凑成三个人。月亮不晓得畅饮的乐趣，影子也是白白地依随他。诗人暂且伴随月亮和身影，趁着美好的春夜及时行乐。月亮听着他的歌唱，仿佛在九天徘徊；影子伴着他的舞步，在地上杂乱无章地晃动。清醒的时候一同欢乐，醉了之后就要各自离散。诗人愿和月亮结为忘年之友，相约在高远的银河岸边再次相见。

安史之乱时，李白投奔永王李璘。李璘起兵谋反，后被镇压。李白因此获罪，被流放夜郎，后被赦免。传说他醉酒后去水中捉月亮，沉于水中。这个被贺知章呼作"天上谪仙人"的诗仙，他的身世、家庭、生活都众说纷纭，连死亡都扑朔迷离，极富传奇色彩。

李白是我国文学史上继屈原之后又一位伟大的浪漫主义诗人，杜甫称赞他"笔落惊风雨，诗成泣鬼神"。他的诗雄奇飘逸，想象瑰丽，艺术成就极高，对后世产生了极为深远的影响。

明月松间照，清泉石上流

——王维

独在异乡为异客，每逢佳节倍思亲。遥知兄弟登高处，遍插茱萸少一人。

这是唐代诗人王维的《九月九日忆山东兄弟》，大家都非常熟悉。王维字摩诘，人称"诗佛"。他的名和字都来自佛教的维摩诘居士。

王维的诗语言优美，画意盎然。苏轼评价王维"诗中有画，画中有诗"。曹雪芹在古典名著《红楼梦》里热情地赞美王维的诗：

我看他《塞上》一首，那一联云："大漠孤烟直，长河落日圆。"想来烟如何直？日自然是圆的。这"直"字似无理，"圆"字似太俗。合上书一想，倒像是见了这景的。若说再找两个字换这两个，竟再找不出两个字来。再还有"日落江湖白，潮来天地青"，这"白""青"两个字也似无理。想来必得这两个字才形容得尽，念在嘴里倒像有几千斤重的一个橄榄。还有"渡头余落日，墟里上孤烟"，这"余"字和"上"字，难为他怎么想来！

我们来看这首《山居秋暝》，体会一下：

空山新雨后，天气晚来秋。明月松间照，清泉石上流。
竹喧归浣女，莲动下渔舟。随意春芳歇，王孙自可留。

雨后的山显得格外空寂，黄昏时已经有了秋天的凉意。明亮的月光在松树间洒落，清清的泉水在石头上流淌。竹林里传来洗衣女子归家的喧笑，莲叶摇动，那是渔舟顺流而下。任凭春天的芳菲消逝，清幽的秋景也令人留连。读着这首诗，我们仿佛呼吸到雨后山中湿润的空气，听到洗衣女子的笑语，感受到了微凉的秋意。

王维年纪轻轻就状元及第，早年的生活是比较顺遂的。安史之乱爆发后，平静的生活被打破了。王维在跟着唐玄宗逃难的时候掉了队，被叛军俘虏。他服药假装不能说话，但安禄山知道他的才名，强迫他担任伪职，还把他软禁起来。

有一天，安禄山在凝碧池设宴，让俘虏来的梨园乐工为他演奏。之前的宴会上这些乐工相对而泣，曲不成调，惹得安禄山大怒。这一次安禄山放话，谁敢哭就杀了谁。弹琵琶的雷海青不肯就范，摔碎琵琶，怒斥安禄山，当场被残忍杀害。王维听说了这件事，非常感动，也非常痛心，悄悄写下了一首诗：

> 万户伤心生野烟，百官何日再朝天？秋槐花落空宫里，凝碧池头奏管弦。

这首《凝碧池》中表达了对朝廷和皇帝的思念之情。后来，凡是在叛军中担任过伪职的人，朝廷都定罪惩治。唐肃宗知道王维在《凝碧池》中所表露的心迹，加上王维的弟弟王缙平反有功，请求削官为哥哥赎罪，王维得以幸免，仅受到贬官的处分。

经此波折，王维更加在佛理和山水中寻求慰藉。

王维在宋之问辋川山庄的基础上营建了一个园林，他有很多诗写到自己在辋川的隐居生活：

竹里馆

独坐幽篁里，弹琴复长啸。深林人不知，明月来相照。

辛夷坞

木末芙蓉花，山中发红萼。涧户寂无人，纷纷开且落。

鹿柴

空山不见人，但闻人语响。返景入深林，复照青苔上。

王维是山水田园诗人的代表，与孟浩然合称"王孟"。他的山水诗清新淡远，自然脱俗，对后世影响深远。

莫愁前路无知己，天下谁人不识君
——高适

千里黄云白日曛，北风吹雁雪纷纷。莫愁前路无知己，天下谁人不识君。

这首高适的《别董大二首·其一》，是小学生都熟读成诵的诗。高适以开阔的胸襟、豪迈的气度把临别赠言说得激昂慷慨。尤其"莫愁前路无知己，天下谁人不识君"，是对朋友发自肺腑的劝慰：你此去不要担心遇不到知己，天下哪个人不知道你董庭兰啊！其实，这两句话也是对高适的最佳写照。

高适年少时家境贫寒，喜爱交游，渴望建功立业。他早年曾各处游历，寻求进身之路，但都没有成功。他在《别董大二首·其二》中写道："丈夫贫贱应未足，今日相逢无酒钱。"可见当时的困窘。

董庭兰是开元、天宝年间的著名琴师，琴艺高超，很受欢迎。后来，吏部尚书房琯被贬出朝，作为他的门客，董庭兰也离开了长安。这年冬天，高适与董庭兰久别重逢。高适当时也处境窘迫，与董庭兰"同是天涯沦落人"。分别之际，他挥毫写下了《别董大二首》。

在困窘的时候，高适遇到了宋州刺史张九皋。张九皋是我们前面提到的名相张九龄的弟弟，他非常欣赏高适的才华，举荐高适踏入仕途。但他无法忍受"拜迎官长心欲碎，鞭挞黎庶令人悲"的生活，三年之后离职，继续他的游历。

这一次游历，高适在边塞遇到了名将哥舒翰。哥舒翰也非常欣赏高适，将他举荐给朝廷。这期间高适见到了唐玄宗。唐玄宗让他辅佐哥舒翰守卫潼关。由于宰相杨国忠操弄权柄，潼关失守，唐玄宗仓皇离开长安，逃往四川，高适一路跟随。在逃亡路上，高适的忠贞、气节、文韬武略都让唐玄宗赞誉有加。到了成都之后，唐玄宗提拔高适为谏议大夫。

756 年，太子李亨在灵武即位，是为唐肃宗，四川的唐玄宗被迫成为太上皇。自古一朝天子一朝臣，何况父子二人当时关系非常微妙，凡是从成都去往灵武的大臣都难以获得唐肃宗的信任，高适是为数不多的例外之一。当时永王李璘蠢蠢欲动，唐肃宗将高适招至灵武，询问应对之策。高适侃侃而谈，鞭辟入里地分析了时局，认为李璘必败无疑，并提出了平叛的具体策略。唐肃宗大为赞赏，随即命高适讨伐永王李璘。

从此，高适由谏官转为颇具实权的节度使。在平叛过程中，高适又屡建奇功，接连升迁。唐代宗即位后，高适因功被擢升为刑部侍郎，转散骑常侍，进封渤海县侯。与郁郁不得志的骆宾王、陈子昂、李白等人相比，在唐代诗人中，高适的官位是比较显赫的。

高适是唐代边塞诗人的杰出代表，与岑参并称"高岑"。边塞诗是以边塞生活和自然风光为题材的诗，在唐朝达到了艺术顶峰，唐朝的边塞诗人们功不可没。高适的边塞诗笔力雄健，气势奔放，"男儿本自重横行，天子非常赐颜色"等名句洋溢着盛唐特有的奋发进取、蓬勃向上的时代精神。

感时花溅泪，恨别鸟惊心
——杜甫

与诗仙李白齐名的诗圣杜甫字子美。他从小就刻苦读书，长大后遍游名山大川，写下许多优秀的诗歌。

在洛阳，杜甫遇见了仰慕已久的李白。虽然杜甫比李白小十一岁。两人性格也大相径庭，但共同的志趣还是使他们成为亲密的朋友。正如闻一多所说：

> 我们四千年的历史里，除了孔子见老子（假如他们是见过面的），没有比这两人的会面，更重大，更神圣，更可纪念的。

杜甫到长安参加进士考试时，恰逢奸相李林甫掌握大权。他怕有才华的人一旦当官会对他不利，就勾结考官，让考生全部落榜。唐玄宗十分纳闷，李林甫却说民间再没有遗留的贤才了，正说明皇帝圣明，可喜可贺。杜甫就这样被一场闹剧剥夺了为朝廷建功立业的机会。

安史之乱爆发以后，杜甫一家长途跋涉，历尽千辛万苦，终于找到一个小村子安顿下来。杜甫听到唐肃宗在灵武即位的消息，立刻赶去投奔，不料半路上被叛军抓到了长安。被困在已经陷落的国都，家人不知是否平安，叛乱不知何时结束，杜甫忧心如捣，写道：

国破山河在，城春草木深。感时花溅泪，恨别鸟惊心。烽火连三月，家书抵万金。白头搔更短，浑欲不胜簪。

一花一鸟都能让诗人触景伤情，满头的白发在忧愁中越来越稀疏。不幸中的万幸，杜甫官职卑微，没有像王维那样被迫担任伪职。叛军对他不怎么重视，他终于找到机会逃出了长安。打听到唐肃宗已经到了凤翔，杜甫立刻赶过去。唐肃宗对杜甫长途跋涉投奔朝廷表示赞赏，让他做左拾遗，就是对朝廷政事查缺补漏的谏官。

唐肃宗虽然给了杜甫官职，但并没打算重用他。杜甫却认真地办起事来。不久，他因为直言进谏触怒了唐肃宗，被贬到华州。

759年，郭子仪、李光弼等率兵在邺城与叛军交战，唐军内部矛盾重重，在叛军两面夹击下全线崩溃。郭子仪等退守河阳，四处抽丁补充兵力，以图再战。

　　杜甫这时刚好从洛阳回华州，途经新安、石壕、潼关等地，目睹官兵四处抽丁，百姓流离失所，不禁心绪难平，写下了《石壕吏》《潼关吏》《新安吏》《新婚别》《垂老别》《无家别》，合称"三吏三别"。

　　我们来看"三吏"中的《石壕吏》：

　　　　暮投石壕村，有吏夜捉人。老翁逾墙走，老妇出门看。
吏呼一何怒，妇啼一何苦！听妇前致词：三男邺城戍。
一男附书至，二男新战死。存者且偷生，死者长已矣！
室中更无人，惟有乳下孙。有孙母未去，出入无完裙。
老妪力虽衰，请从吏夜归。急应河阳役，犹得备晨炊。
夜久语声绝，如闻泣幽咽。天明登前途，独与老翁别。

　　诗人在傍晚投宿在石壕村，晚上有几个差役来抓壮丁。老翁翻墙逃跑，老妇出门看。差役的叫喊是多么的凶狠，老妇的哭声又是多么的悲伤！只听老妇上前对差役说："我有三个儿子驻守邺城。一个儿子捎信回来说其他两个儿子刚刚战死了。活下来的人苟且偷生，死的人就永远没了！家里再也没有别的男人了，只有一个正在吃奶的小孙子。小孙子的母亲还没有离家改嫁，可进进出出都没有一件完整的衣服。我这个老太婆虽然年迈体衰，但请让我今晚跟你回去。赶快到河阳去服役，还能够帮助军队准备早饭。"到了深夜，说话的声音消失了，隐隐听到断断续续的哭声。等到天亮了诗人上路时，只剩下老翁与他作别。

"有吏夜捉人""三男邺城戍""二男新战死""急应河阳役"，无不是对邺城失守，唐军退守河阳后四处抽丁的史实的真实反映。统治者腐败无能，给人民带来了极大的苦难，让他们家破人亡，但老百姓依然挺身而出，捐躯赴国难，帮助朝廷平定叛乱。哪怕一个年老体衰的妇人，也"请从吏夜归"，一方面保护家人，一方面为国效力，"急应河阳役，犹得备晨炊"，这是怎样的坚韧与牺牲！诗人的心情是矛盾的，一方面同情遭受苦难的百姓，一方面又理解这是戡乱之战，不得不为。他把这种矛盾的心情也写在了诗里。

在付出了巨大的代价之后，朝廷终于平定了叛乱。安史之乱后，杜甫遇到了开元、天宝年间的著名乐师李龟年。当年唐王朝国力强盛，李龟年是红极一时的乐师，在达官贵人的府邸表演，杜甫也是座上宾。现在国力衰微，李龟年流落江南，卖艺为生，杜甫也十分困窘。故人相见，抚今追昔，杜甫感慨万千，写下了《江南逢李龟年》：

　　岐王宅里寻常见，崔九堂前几度闻。正是江南好风景，落花时节又逢君。

杜甫的诗歌记录了安史之乱中人民的苦难，反映了唐王朝从兴盛到衰落的过程，人们把这些诗篇称作"诗史"。作为现实主义诗人的杰出代表，杜甫为祖国、为人民忧虑了一生，吟咏了一生，直到病倒在湘江中与他相依为命的破船上，才永远停止了吟唱，终年五十九岁。

诗仙李白和诗圣杜甫是唐诗的天空里最耀眼的双子星，合称"李杜"。他们的诗歌都对后世产生了深远的影响。韩愈热情地赞美他们："李杜文章在，光焰万丈长。"他们伟大的作品是我们中华民族宝贵的文化遗产，已经传了一千多年，将来还要一代一代地传下去。

欲为圣明除弊事，肯将衰朽惜残年

——韩愈

　　韩愈字退之，因郡望昌黎，世称"韩昌黎"。他三岁丧父，由哥哥韩会及嫂子抚养成人。韩会的文章写得很好，对韩愈有很大的影响。韩愈的散文与柳宗元齐名，他们都提倡古文运动，名列"唐宋八大家"之中。

　　韩会早逝，韩愈早年虽流离困顿，却刻苦好学，有读书经世之志。他三试不第，第四次应考才考中进士。

　　韩愈性格耿直坦率，对于唐代盛行的求仙问道等迷信之风更是态度鲜明地表示反对，为此一生中多次被贬谪。

　　韩愈在长安做刑部侍郎的时候，凤翔法门寺护国真身塔内藏有佛祖的一节指骨。唐宪宗为了祈求长寿，派人把佛骨迎进皇宫，供奉了三天，又下令长安各大寺庙轮流供奉。这样一来，上至王公贵族，下到平民百姓，都争先恐后地迎拜佛骨，并向寺庙捐献财物，不少人因此倾家荡产。

韩愈见此情景，忧国忧民之情顿生，立刻给唐宪宗写了一份奏章——《论佛骨表》。他在奏章中列举历代史实，言之凿凿地说明：佛教没有传入的时候，帝王们都长命百岁。自打汉明帝时佛教传入中国，信佛的皇帝偏偏早死，而且国家接连出现动乱。唐宪宗看完奏章勃然大怒："韩愈好大的胆子，竟敢出此狂言！"要杀了韩愈。宰相裴度连忙替韩愈求情，请求减轻处罚。唐宪宗怒气未消地说："他说信佛的皇帝都早死，这不是诅咒朕吗？"裴度说："韩愈出言不逊，应当责罚。不过他也是出于一片忠心。如果为此将他处死，臣怕今后无人敢直言进谏了。"许多大臣也纷纷为韩愈说情。

最后，唐宪宗答应不杀韩愈，将他贬到潮州做刺史。按照当时的律法，被贬的官员要立即动身去上任，已经五十二岁的韩愈只得匆匆忙忙离开长安。

韩愈仓促上路，走到蓝田关时，忽然天气大变，狂风暴雪，吹得人睁不开眼睛。韩愈急忙催马赶路，谁知马竟甩动四蹄，不肯前行。正在这时，有人冒雪前来，飞身下马，上前道："叔公，侄孙来迟了。"来人正是韩愈的侄孙韩湘，特来为韩愈送行。韩愈见到亲人，感慨万分，写下了这首著名的七律：

左迁至蓝关示侄孙湘

一封朝奏九重天，夕贬潮阳路八千。欲为圣明除弊事，肯将衰朽惜残年？云横秦岭家何在？雪拥蓝关马不前。知汝远来应有意，好收吾骨瘴江边。

大意是：一篇《论佛骨表》早晨呈给皇帝，傍晚我就被贬官到八千里外的潮州去。我想为皇帝清除时弊，怎么会顾惜自己年老体衰？云雾横亘在秦岭上，望不见我长安的故居。大雪遮蔽了蓝田关的道路，连我骑的马都不往前走。知道你远道赶来送我的意思，是准备到南方瘴气弥漫的江边收拾我的骸骨。

有民间传说称，这首诗里提到的韩湘就是"八仙"中的韩湘子，年轻时会法术。韩愈不信邪，总是劝说他好好读书上进。韩湘作诗说自己"能开顷刻花"，韩愈不相信，让他变一个看看。韩湘取土用盆盖上，过了一会儿打开，竟真的开了两朵青莲花。花萼上有两行小金字："云横秦岭家何在？雪拥蓝关马不前。"韩愈不解其意，韩湘说以后就会应验的。

此时韩愈被贬官路过蓝田关，韩湘冒雪而来，问道："您还记得当年青莲花上的诗句吗？就是指今天的情景啊。"韩愈叹息不已，将这一句诗嵌在上面的这首七律之中。

韩愈被苏轼称为"文起八代之衰"的领袖，他的散文内容丰富，语言鲜明。他的诗与他的文章一样有名，风格平实，耐人寻味，其中不乏千古传诵的佳作。

野火烧不尽，春风吹又生
——白居易

白居易字乐天，号香山居士。他自小聪明过人，五六岁就开始学写诗。十六岁那年，白居易到京城长安去见世面，结交名人。那时候长安刚刚经历了朱泚之乱，受到很大的破坏，米价飞涨，民不聊生。

白居易带了自己的诗稿到当时的名士顾况家去请教。顾况看到名帖中的"居易"两个字，便打趣说："近来长安米价很高，要居住下来可不容易呀！"说罢拿起诗稿翻看，第一篇就是《赋得古原草送别》：

离离原上草，一岁一枯荣。野火烧不尽，春风吹又生。
远芳侵古道，晴翠接荒城。又送王孙去，萋萋满别情。

大意是：草原上的野草长得那么茂盛，每年都会经历枯萎

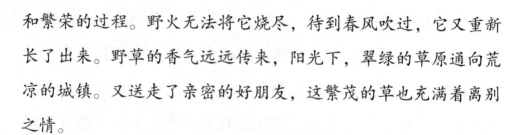

和繁荣的过程。野火无法将它烧尽，待到春风吹过，它又重新长了出来。野草的香气远远传来，阳光下，翠绿的草原通向荒凉的城镇。又送走了亲密的好朋友，这繁茂的草也充满着离别之情。

顾况读后十分兴奋，赞赏说："太好了！小小年纪能够写出这样的好诗，住在长安也不难！刚才我是开玩笑的，你千万别见怪。"

顾况对白居易的才华十分推崇，逢人就夸，白居易很快名满京城。不到几年，白居易考取了进士。唐宪宗也早就听说过他的名气，马上提拔他做翰林学士，后来又派他担任左拾遗。

唐宪宗对政治进行了一些改革，虽然任用了一些正直的大臣，但仍旧宠信宦官。他想用一个宦官做统帅讨伐藩镇，遭到了白居易的强烈反对。唐宪宗很生气，对李绛说："白居易是朕提拔的，怎么能对朕这样不敬，让朕忍无可忍！"李绛说："白居易敢在陛下面前直言相谏，不怕杀头，正说明他对国家的忠心。"唐宪宗勉强接受了李绛的意见。

后来，唐朝藩镇势力派刺客在长安街头刺杀了宰相武元衡，刺伤了御史中丞裴度，朝野为之震惊。藩镇势力在朝廷的代言人又提出罢免裴度，以安藩镇之心。白居易挺身而出，坚决主张讨贼。他认为藩镇不灭，国将不国。但白居易之前得罪了许多权贵，有人趁机攻击他"越职谏言"，他因此被贬为江州司马。

白居易到了江州之后，心情十分抑郁。有一天晚上，他在江州的湓浦口送别客人，听到江上传来一阵哀怨的琵琶声，原来是一个漂泊江湖的歌女在弹奏。白居易见了那个歌女，又听她诉说了身世，十分同情；再联想到自己的遭遇，不禁勾起满腔心事。他有感而发，写下了千古传诵的叙事长诗《琵琶行》，诗中说：

> 我闻琵琶已叹息，又闻此语重唧唧。同是天涯沦落人，相逢何必曾相识！

唐宪宗死后，唐穆宗继位，把白居易召回长安。白居易看不惯朝廷官员勾心斗角，主动要求去地方任职，远离政治斗争。唐穆宗就派他做杭州刺史。

白居易在杭州为百姓做了不少实事。他主持修建了一条堤坝，拦洪蓄水，既能灌溉，又能防洪。杭州人民十分感激，把这条堤坝叫作"白公堤"。

白居易的诗浅白易懂。相传他每作一首诗就念给街头巷尾的老婆婆听，如果老婆婆听不懂就进行修改，直到她们听懂为止。白居易的诗歌在民间流传很广，他的《秦中吟》《新乐府》等诗篇，揭露了宦官仗势欺压百姓的罪恶，批判了官僚们穷奢极侈的豪华生活，反映了劳动人民的疾苦。

白居易一生写了近三千首诗，为我国的文学宝库留下了十分珍贵的遗产。他去世后，唐宣宗写诗悼念他：

缀玉联珠六十年，谁教冥路作诗仙？浮云不系名居易，造化无为字乐天。童子解吟《长恨》曲，胡儿能唱《琵琶》篇。文章已满行人耳，一度思卿一怆然。

诗中提到了白居易的两大代表作《长恨歌》和《琵琶行》，并说小孩子和胡人都能吟诵白居易的诗作，赞扬他的诗歌朴实易懂，流传广泛。

晴空一鹤排云上，便引诗情到碧霄
——刘禹锡

"谈笑有鸿儒，往来无白丁。"这是大家非常熟悉的句子，作者刘禹锡是唐代文学家，《陋室铭》是他的重要代表作。我们来欣赏一下吧！

山不在高，有仙则名。水不在深，有龙则灵。斯是陋室，惟吾德馨。苔痕上阶绿，草色入帘青。谈笑有鸿儒，往来无白丁。可以调素琴，阅金经。无丝竹之乱耳，无案牍之劳形。南阳诸葛庐，西蜀子云亭。孔子云：何陋之有？

大意是：山不在于高，有神仙居住就有了名气。水不在于深，有龙就有了灵气。这是简陋的房子，但居住的人品格高尚就不觉得简陋了。台阶上生了苔藓，一片碧绿；草色映入门帘，满室青葱。来这里清谈的都是知识渊博的学者，与主人交往的没有知识浅薄的人。可以弹奏不加装饰的古琴，也可以潜心阅读佛经。没有奏乐的声音扰乱双耳，没有官府的公文使身体劳累。就好像南阳诸葛亮的草庐，又如同西蜀的扬雄故居。正如孔子说的：道德高尚的君子居住的地方，有什么理由说它简陋呢？

唐顺宗年间，以王叔文为首的一批革新派官僚士大夫推行了永贞革新。改革失败之后，支持改革的人都被贬官，共有"二王八司马"，刘禹锡和柳宗元都在其中。刘禹锡被贬为连州刺史，人还在去连州的路上就又被贬为朗州司马。

朗州地处西南少数民族地区，风气落后，刘禹锡找不到可以交谈的人，只好吟咏诗文自娱自乐。他写道：

> 自古逢秋悲寂寥，我言秋日胜春朝。晴空一鹤排云上，
> 便引诗情到碧霄。

自古以来，骚人墨客都悲叹秋天萧条凄凉，诗人却反其道而行之，说秋天远远胜过春天。你看，天高气爽，晴空万里，一只白鹤推开层云，带着诗情飞向万里晴空。全诗气象开阔，逸兴遄飞，令人襟怀大畅，不由自主地被诗人的豪情所感染。

朗州的百姓喜好巫祝，每次祭祀，敲着鼓跳舞，唱俚俗的歌词。刘禹锡依据《楚辞》，写了新的歌词教给他们。

十年后，刘禹锡接到了回京的诏书，回到长安，见物是人非，不禁感慨万千。他去玄都观看花，写了一首诗：

> 紫陌红尘拂面来，无人不道看花回。玄都观里桃千树，

尽是刘郎去后栽。

　　这首诗讽刺了那些暂时得势的奸佞小人，引起了他们的愤恨。刘禹锡因此被贬为播州刺史。诏书颁下，御史中丞裴度替刘禹锡求情，说："刘禹锡的老母亲已经八十多岁了，播州路途遥远，人迹罕至，他的老母亲年迈不能随行，这一别恐怕就再也不能相见了。刘禹锡罪有应得，但臣怕伤害了陛下提倡的孝道，请给他换个近一点的地方吧。"唐宪宗说："做儿子的，行事更应该谨慎，免得父母担忧。刘禹锡有老母在堂还这样放肆，就该罪加一等！"裴度无言以对。唐宪宗又想了想，说：

"刘禹锡虽然不像话，朕终不忍心伤他老母亲的心。"于是改任刘禹锡为连州刺史。

　　之后的十几年里，刘禹锡又在好几个地方做过刺史。十四年后，刘禹锡在和州刺史任上被调回京城。他又去了玄都观游玩，回来之后仍然写了一首诗：

　　百亩庭中半是

苔,桃花净尽菜花开。种桃道士归何处？前度刘郎今又来。

"桃花净尽菜花开"，看来这些小人们是"一蟹不如一蟹"了。在这首诗里，屡遭打击的诗人依然不改初衷，乐观又倔强。

刘禹锡晚年和白居易交往甚密，白居易很欣赏他的才华，两人时常唱和。有一次，两人在扬州相遇，白居易赠给刘禹锡一首诗：

> 为我引杯添酒饮，与君把箸击盘歌。诗称国手徒为尔，命压人头不奈何。举眼风光长寂寞，满朝官职独蹉跎。亦知合被才名折，二十三年折太多。

诗中表达了对朋友坎坷经历的深深同情与强烈不平。刘禹锡也写诗回答：

> 巴山楚水凄凉地,二十三年弃置身。怀旧空吟闻笛赋，到乡翻似烂柯人。沉舟侧畔千帆过，病树前头万木春。今日听君歌一曲，暂凭杯酒长精神。

"沉舟侧畔千帆过，病树前头万木春。"这是何等豁达的胸襟！正是这样的胸襟使刘禹锡笑对坎坷，历经磨难而屹立不倒。

刘禹锡为官清廉无私，勤于政务，关心民生；作诗作文则超世出尘，大智大睿，为后人留下许多富含哲理的名作。

孤舟蓑笠翁，独钓寒江雪
——柳宗元

　　千山鸟飞绝，万径人踪灭。孤舟蓑笠翁，独钓寒江雪。

　　这首我们都很熟悉的《江雪》是柳宗元的作品。柳宗元字子厚，是唐代文学家。他写的文章非常好，很受时人推崇。"唐宋八大家"里只有两位唐代文学家，一位是我们之前讲过的韩愈，一位就是柳宗元。

　　柳宗元考中进士后，和刘禹锡一同参与了王叔文等人推行的永贞革新，变法失败后被贬为邵州刺史。和刘禹锡一样，柳宗元还在赴任的

宋 马远 寒江独钓图（局部）

路上，就又被贬谪，改为永州司马。被贬为朗州司马的刘禹锡和被贬为永州司马的柳宗元都位列"八司马"之中。

柳宗元在永州度过了十年光阴。在这十年里，他写下了《永州八记》等著名作品。

永州的郊外有一种毒蛇，毒性极强，被它咬了的人无药可治。但是这种蛇晾干后可以入药，有神奇的疗效。当地官府每年都征收这种蛇，允许老百姓用蛇来抵赋税。虽然捕蛇非常危险，动辄有性命之忧，但是为了抵赋税，永州百姓还是争着去做。有一次，柳宗元遇到一个姓蒋的捕蛇人。他悲伤地告诉柳宗元，他的祖父、父亲都因为捕蛇而死。他继承祖业十二年，也好几次差点儿丧命。尽管如此，他还是愿意冒着生命危险继续捕蛇抵税，因为如果交赋税的话，他就更活不下去了。

苛政猛于虎，柳宗元过去对此没有很深的体会；如今，耳闻目睹的残酷现实让他大受震动。怀着对穷苦百姓的无限同情，柳宗元写下了著名的《捕蛇者说》，为他们发出了"孰知赋敛之毒有甚是蛇者乎！"的呐喊。

十年后，柳宗元接到了回京的诏书，与他一道奉诏回京的还有刘禹锡等人。我们知道，这次回京，刘禹锡写了"玄都观里桃千树，尽是刘郎去后栽"，惹了麻烦。柳宗元虽然没有因诗惹祸，境遇也不比他好多少。朝廷虽然把他们召了回来，但是最终没有留他们在京城做官。刘禹锡被任命为播州刺史，柳宗元则被任命为柳州刺史。由司马升为刺史，看上去是升职了，但是播州、柳州比他们之前做司马的朗州、永州还要遥远偏僻。

前面说过，刘禹锡的老母年事已高，不能跟着去遥远的播州。为了帮助刘禹锡，柳宗元上书唐宪宗，请求和刘禹锡调换，让刘禹锡去柳州。播州在现在的贵州省，柳州则在广西壮族自治区。虽然也近不了多少，总是近了一些。在有些人看来，柳宗元已经泥菩萨过江自身难保，却还要管别人的闲事，是很可笑的。但是我们却从中看到了他对朋友的真诚与侠肝义胆。还好，在裴度等人的求情下，刘禹锡被改任为连州刺史。连州在现在的广东省。

刘禹锡和柳宗元打点行装，一起南下赴任。有朋友做伴，贬谪的路上也不寂寞。然而送君千里终有一别，到了衡阳，刘禹锡要往南去连州，柳宗元则要往西南去柳州。分别之际，两人写下诗歌，写出了心中的忧愁苦闷和患难与共的情意，也表达了依依惜别之情。

刘禹锡是柳宗元一生的挚友，他们在残酷的政治斗争中同进退，在文学上互相切磋，共同进步。他们一同经历了永贞革新、革新失败被贬谪、奉旨还京后再被贬谪，始终相互扶持，患难与共。这样真挚的友情多么可贵！

柳州位置偏僻，贫困落后，有很多弊风陋俗。那里的百姓用自己的子女抵押换钱，如果在约定时间内没有钱赎身，被抵押的人就终身成为奴婢，永无出头之日。柳宗元发布政令，已经沦为奴婢的人，在为债主服役期间，可以用劳作折算工钱。工钱抵完债以后即可恢复自由，回家与亲人团聚。这一政令受到广大贫苦民众的热烈欢迎。柳宗元还自己出钱帮助穷苦百姓赎身。

十年树木，百年树人。柳宗元深知教育的重要性，因而大力发展文教事业，鼓励创办学堂。许多学子慕名而来，向柳宗元请教。柳宗元不厌其烦，悉心教导他们。凡是经过柳宗元点拨的学子，写文章都有了章法。

柳宗元带人打了水井，解决了当地百姓的吃水问题。他还打击强盗，保护百姓的安全。

为官一任，造福一方，柳宗元真诚地爱护百姓，也得到了柳州人民的深切爱戴，百姓们都亲切地称他"柳柳州"。

坎坷的经历，艰苦的环境，让柳宗元的身体一天不如一天。在柳州的第五年，伴着凄风苦雨，柳宗元与世长辞，终年四十七岁。

柳宗元曾经在柳州种下柳树，说："好作思人树，惭无惠化传。"谦虚地说自己没有什么功绩可以让人思念的。事实上，柳州人民从来都没有忘记为民造福的柳宗元。一直到现在，他们依然把柳宗元当作柳州的城市名片，非常骄傲于这位文学家曾经在柳州做过父母官。

鸟宿池边树，僧敲月下门
——贾岛

松下问童子，言师采药去。只在此山中，云深不知处。

这首《寻隐者不遇》大家都很熟悉了，诗人去深山探访隐士，隐士却出门采药去了，诗人扑了个空。抬头看看大山，云雾缭绕，不知道隐士在山的哪一处。诗虽短，却韵味无穷。它的作者就是唐代诗人贾岛。

贾岛早年屡试不第，遂出家为僧。他是一个典型的苦吟诗人，自言"两句三年得，一吟双泪流"，虽是夸张之语，也足见炼字之苦。

有一次，贾岛骑驴过街，见秋风瑟瑟，黄叶飞舞，灵光一闪，想到一句"落叶满长安"。他苦苦思索，终于又想出了一句"秋风吹渭水"。"秋风吹渭水，落叶满长安"，十分工整，贾岛喜不自胜。他只顾吟诗，顾不上看路，结果撞上了京兆尹的车驾，被抓起来关了一夜，天亮了才被放出来。

后来，贾岛骑驴去郊外拜访自己的朋友，又得了两句诗："鸟宿池边树，僧推月下门。"转念一想，又觉得"僧敲月下门"比较好。贾岛拿不定主意，就一边吟哦一边用手做出推和敲的动作。围观群众都很惊讶：这个人是不是有毛病？

贾岛骑着驴，只顾着琢磨，又撞上了一队车马。这一次他幸运多了，遇到的是大文豪韩愈。韩愈的手下把贾岛带到韩愈马前。贾岛说："我得了两句诗，'鸟宿池边树，僧推月下门'。可是又觉得'僧敲月下门'也不错。我不知道用'推'还是'敲'好，只顾着想，忘了回避大人的车驾，请大人恕罪。"韩愈不在意被冲撞的事，兴致勃勃地想了一会儿，说："还是'敲'字好。"

这就是"推敲"的故事。后来，"推敲"就用来指作文或做事时

反复琢磨，反复斟酌。

我们来看这首被贾岛反复推敲的诗：

题李凝幽居

闲居少邻并，草径入荒园。鸟宿池边树，僧敲月下门。

过桥分野色，移石动云根。暂去还来此，幽期不负言。

你觉得是"推"好还是"敲"好？

贾岛就这样认识了韩愈。韩愈很欣赏他的才华，和他并辔而归，共论诗道，结为好友。

后来，贾岛中了进士，还是寄住在寺院里。有一天，唐宣宗微服出巡，来到寺院。他听到钟楼上有人吟诗，好奇心起，就登楼看个究竟。上楼一看，几案上放着一卷诗稿，唐宣宗顺手拿起来翻阅。

贾岛不知道这个陌生人就是当今天子，见他衣着华贵，想当然地以为他是个不学无术的纨绔子弟，就很不客气地说："你穿得这样好，哪里看得懂这个！"说着就抓住唐宣宗的手臂，劈手把诗稿夺了回来。

我们前面说过，唐宣宗给白居易写过悼诗，虽然水平比不上大诗人，但也不至于不懂诗。唐宣宗贵为天子，被贾岛从手里夺走了诗稿，简直惊呆了。还好，他没有当场龙颜大怒，自己默默地下楼而去。

后来，贾岛被人告知那个"纨绔子弟"就是当今天子，吓得魂飞魄散，忙不迭地去请罪。

这就是贾岛"夺卷忤宣宗"的故事，出自野史，可信度不高，但是很有意思，姑妄言之姑听之。

贾岛做过长江主簿，是个很小的芝麻官儿。后来官职稍微升了一点，做了普州司仓参军。

做了三年普州司仓参军之后，贾岛在普州病卒。临死之日，家徒四壁，只有病驴、古琴而已。

贾岛和孟郊齐名，苏轼概括他们的风格，说"郊寒岛瘦"。贾岛的诗语言朴素，注重炼字，刻意求工，题材比较狭窄。他的诗对于后来的诗坛有一定的影响。

报君黄金台上意，提携玉龙为君死
——李贺

　　唐代是诗人辈出的年代，杰出的诗人灿若群星。在这辉煌灿烂的星群中，有一颗过早陨落的明星，他就是被称作"诗鬼"的李贺。

　　李贺从小聪颖过人，刻苦好学，七岁就能写诗作文章，声名远播。韩愈与皇甫湜有一次路过李贺家，让他赋诗。李贺一挥而就，令韩愈和皇甫湜十分吃惊。尽管名声在外，李贺仍然非常勤奋，他每每有灵感，就立刻记下来，放到一个锦袋里，回家后整理成诗歌。他的母亲看到后十分心疼，说："我儿这是在呕心沥血呀！"

　　后来，李贺带着作品到洛阳拜见韩愈。韩愈刚刚送走客人，有些疲倦，就斜靠着看李贺的诗。刚看了几句，就连连称好，疲劳顿消。这首诗就是著名的《雁门太守行》：

> 黑云压城城欲摧，甲光向日金鳞开。角声满天秋色里，
> 塞上燕脂凝夜紫。半卷红旗临易水，霜重鼓寒声不起。
> 报君黄金台上意，提携玉龙为君死！

这首诗用瑰丽的想象、浓重的色彩描绘了边塞风光和战争风云。你看，乌云仿佛要把城楼压垮，铠甲在日光下闪着金光。耳畔回荡着震天的号角，血染的泥土好像胭脂。寒风中飘卷的红旗指引着队伍，凝重的霜使得鼓声十分低沉。尽管边塞的生活非常艰苦，战争非常残酷，可是将士们一心报国，手执宝剑，甘愿血战到死。

韩愈看完这首诗之后非常兴奋，认为李贺将来一定能成为大才。谁知天有不测风云，李贺却因为一个意想不到的原因而断送了前程。

李贺的才华引起了许多人的嫉妒，他们上书朝廷，说李贺父亲名字叫"李晋肃"，"晋"字与"进士"的"进"字同音，因此李贺不能参加进士考试。唐宪宗居然采纳了这种荒诞不经的说法，李贺读书取仕的梦想彻底破灭了。

韩愈听说此事后愤愤不平，写了一篇《讳辩》，为李贺据理力争。文中说：父亲名叫"晋肃"，儿子就不能举"进士"；倘若父亲名叫"仁"，难道儿子就不能做"人"了？

这篇文章犀利有力，鞭辟入里，后来被收入《古文观止》，

历代为赏。但是，同千百年来的"孝道"相比，韩愈的文章只不过是一纸空文，无济于事。

李贺最终无法通过进士考试求取功名，只在太常寺当过两年多小官。他在《马诗二十三首·其五》中借马自喻，抒发了自己壮志难酬的苦闷：

> 大漠沙如雪，燕山月似钩。何当金络脑，快走踏清秋。

仕途无望，李贺辞官回乡，三年后病死于家中，年仅二十七岁。

关于李贺之死，有一个美丽的传说。传说李贺临死前，看见一个穿红衣服的人，骑着一条赤龙，拿着一块写着奇怪文字的笏板，说要召他上天做事。李贺说："老母年迈多病，我不愿意去。"红衣人笑着说："天帝建成了白玉楼，召你去做文章。天上快乐得很，一点都不苦。"不一会儿，李贺就辞世了。大家还听到了接他上天的车马、管乐的声音。

李贺虽然早逝，但为我们留下了许多佳作。他的诗奇崛瑰丽，构思精巧，我们就以他的《将进酒》来结束吧：

> 琉璃锺，琥珀浓，小槽酒滴真珠红。烹龙炮凤玉脂泣，
> 罗帏绣幕围香风。吹龙笛，击鼍鼓，皓齿歌，细腰舞。
> 况是青春日将暮，桃花乱落如红雨。劝君终日酩酊醉，
> 酒不到刘伶坟上土！

停车坐爱枫林晚，霜叶红于二月花
——杜牧

杜牧字牧之，号樊川居士，是唐代杰出的诗人、散文家。杜牧家世显赫，才华横溢，长得也很帅，年纪轻轻就中了进士。前面我们曾经讲过，唐代的科举，如果有达官贵人推荐，考中的概率会大大提高。杜牧参加科考的那年，主考官是崔郾。太学博士吴武陵专程找到崔郾，对他说："我在太学上课，前些天见到十几个太学生围在一起读杜牧的《阿房宫赋》。这篇文章特别好！我怕你公务繁忙，还没读过这篇奇文，所以来推荐。"说着就把它拿出来给崔郾看。文中写道：

六王毕，四海一；蜀山兀，阿房出。覆压三百余里，隔离天日。骊山北构而西折，直走咸阳。二川溶溶，流入宫墙。五步一楼，十步一阁；廊腰缦回，檐牙高啄；

各抱地势，钩心斗角。……

这篇文章想象丰富，气势夺人，令人耳目一新。崔郾读后非常赞赏。吴武陵说："这样的才华还做不了状元吗？你给他一个状元吧！"崔郾为难地说："不行，状元已经内定了。"吴武陵说："没有状元，至少也得是前五名。要不然你就把文章还给我，就当我没来过！"崔郾见他生气了，只得答应，吴武陵这才满意而去。

就这样，杜牧二十六岁就中了第五名进士。

后来，杜牧给淮南节度使牛僧孺做幕僚，负责处理公文，工作地点在扬州。当时的扬州是京杭大运河沿岸的商业大都会，无比繁华。杜牧年轻气盛，夜夜笙歌。牛僧孺派人暗中保护他。

杜牧调离扬州的时候，牛僧孺设宴为他送行，提醒他不要过于迷恋玩乐。杜牧说："放心吧，我心里有数。"

牛僧孺让手下取来一个小书箱，当着杜牧的面打开，里边都是那些

清 邹一桂 杜牧诗意图

暗中保护杜牧的人记录的内容，某天晚上杜牧在某家饮宴，某天晚上又在某家饮宴，一笔一笔清清楚楚。

杜牧又感激又羞愧，向牛僧孺下拜致谢。牛僧孺死后，杜牧给他写了墓志铭，对他的爱护表示真诚感谢。

后来，杜牧写诗回忆他的扬州生活：

遣怀

落魄江湖载酒行，楚腰纤细掌中轻。十年一觉扬州梦，赢得青楼薄幸名。

诗人怀才不遇，想起昔日荒唐的生活，十分感慨。那时候他还年轻，整日放浪形骸。如今十年过去，扬州的往事好像一场大梦一样，除了"薄幸名"，什么都没有留下。诗人用调侃的语气，表达了辛酸、自嘲、悔恨等复杂的感情。

杜牧的仕途一直不太顺利，他就把精力更多地用在创作上。杜牧的七绝尤其出色，我们来欣赏几首。

山行

远上寒山石径斜，白云生处有人家。停车坐爱枫林晚，霜叶红于二月花。

江南春

千里莺啼绿映红，水村山郭酒旗风。南朝四百八十寺，多少楼台烟雨中。

赤壁

折戟沉沙铁未销，自将磨洗认前朝。东风不与周郎便，
铜雀春深锁二乔。

杜牧是晚唐重要的诗人，被叫作"小杜"，以区别于杜甫
这位"老杜"。他和李商隐并称"小李杜"，以区别于李白杜
甫这对"大李杜"。虽然叫作"小杜"，其实杜牧的风格更像"老
李"李白，后世评价他的诗"有太白之风"。

何当共剪西窗烛，却话巴山夜雨时
——李商隐

　　李商隐字义山，是晚唐诗人。他幼读诗书，年纪轻轻便因擅长古文而闻名。后来，当时已经非常有名气的文学家、政治家令狐楚看了李商隐的文章，大为欣赏。令狐楚不仅让李商隐追随左右，还令他与自己的儿子令狐绹一起学习，并亲自教授他骈文。这是一种字句皆成对偶的文体，很受当时科考重视。李商隐从此开始了他漫长的幕僚生涯。

　　白居易晚年写了许多与令狐楚互相唱和的诗，两人还常常宴饮聚会。令狐楚把李商隐引荐给了白居易，白居易对李商隐的诗文推崇备至，他对李商隐说："我死得为尔子足矣。"——我死后能转世当你的儿子就好了。

　　白居易去世后，李商隐给白居易写了墓志铭。后来李商隐生了儿子，就给他起名叫"白老"。不过这个大儿子不怎么聪明，后来出生的小儿子倒是聪明伶俐。大家开玩笑说，如果白居易真的转世当了李商隐的儿子，那一定是这个聪明的小儿子，不是那个笨笨的大儿子。

837年，李商隐考中进士，年末，他的恩师令狐楚病逝。不久，李商隐应泾原节度使王茂元的聘请，去泾州做了王茂元的幕僚。王茂元对李商隐的才华也非常欣赏，还将女儿嫁给了他。不料这桩婚姻将李商隐拖入了"牛李党争"的政治漩涡中。唐朝末年宦官专权，凡反对宦官的朝廷官员大都遭到排挤打击，而依附宦官的又分为两派，即以牛僧孺为首的牛党和以李德裕为首的李党。两派官员互相倾轧，争吵不休，历经宪宗、穆宗、敬宗、文宗、武宗、宣宗，直到唐宣宗时李党的人全部被贬，这才宣告结束，前后持续近四十年。

王茂元被视为李党的成员，而令狐楚父子则属牛党。李商隐与王氏的婚姻被牛党众人视为他对刚刚去世的恩师令狐楚的背叛，李商隐因此饱受他们的指责。后来李商隐参加授官考试，在复审中被除名。然而在李商隐的眼中，王氏是一位温和体贴的妻子，他们婚后的感情一直很好。

后来，李商隐跟随卢弘正做幕僚。卢弘正很有能力，对李商隐也非常欣赏。如果他的仕途顺利，李商隐的前程或许还有转机。然而李商隐追随卢弘正不久，卢弘正就病故了。

接着，李商隐又遭受了重大打击，他相濡以沫的妻子王氏

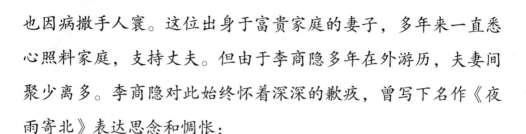

也因病撒手人寰。这位出身于富贵家庭的妻子，多年来一直悉心照料家庭，支持丈夫。但由于李商隐多年在外游历，夫妻间聚少离多。李商隐对此始终怀着深深的歉疚，曾写下名作《夜雨寄北》表达思念和惆怅：

> 君问归期未有期，巴山夜雨涨秋池。何当共剪西窗烛，却话巴山夜雨时。

这首诗的大意是：你问我回家的具体时间，我现在还无法确定，今夜巴山的雨涨满了秋天的池塘。什么时候你我能够重新聚首，在西窗下剪着烛花，让我倾诉在这个秋雨绵绵的夜晚对你的思念。这是一首以诗代信的七言绝句。诗人借景抒情，表达了他对妻子的无限思念，倾诉着惆怅与孤独。

李商隐一生处于"牛李党争"的夹缝之中，郁郁不得志，但在诗歌创作上成就很高。他和李白、李贺并称"三李"，和杜牧并称"小李杜"。他的诗构思新颖，风格绮丽，开创了唐诗的新境界，在晚唐时期独树一帜。他笔下有很多名句，如："春蚕到死丝方尽，蜡炬成灰泪始干。"（《无题·相见时难别亦难》）"身无彩凤双飞翼，心有灵犀一点通。"（《无题·昨夜星辰昨夜风》）"沧海月明珠有泪，蓝田日暖玉生烟。此情可待成追忆，只是当时已惘然。"（《锦瑟》）"夕阳无限好，只是近黄昏。"（《乐游原》）这些名句历来为世人传诵。

问君能有几多愁？

恰似一江春水向东流——李煜

　　李煜是南唐的最后一个国主，史称南唐后主。他排行第六，本来轮也轮不到他继位，可是他的哥哥们都病亡了，他的大哥病亡之前还毒死了他们的叔父。李煜就这样阴差阳错地成为继承人。

　　李煜登基时，正是宋太祖赵匡胤建立北宋的第二年。赵匡胤雄心勃勃，要一统天下。李煜虽然对建功立业没多大兴趣，可也不愿意当亡国之君。他一继位就给赵匡胤写了一份奏章，自称"臣"，说了许多乞怜的话，希望自己和自己的小朝廷能免遭厄运。

　　李煜低声下气，毕恭毕敬，想保住自己的小朝廷。但志在统一的赵匡胤说得很清楚："卧榻之侧，岂容他人鼾睡！"好在当时还有别的割据势力，赵匡胤一一清扫，一时没轮到李煜。

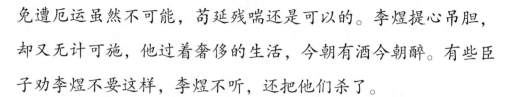

免遭厄运虽然不可能，苟延残喘还是可以的。李煜提心吊胆，却又无计可施，他过着奢侈的生活，今朝有酒今朝醉。有些臣子劝李煜不要这样，李煜不听，还把他们杀了。

终于，可怕的一天来了。975年，南唐的国都金陵被宋军攻陷。李煜之前信誓旦旦，如果京城陷落就自焚殉国。结果城破之日他没有自杀的勇气，只好投降。

李煜被押到汴梁，朝见赵匡胤。赵匡胤为显宽大，宣布赦免李煜等人，并封李煜为违命侯。就这样，李煜顶着一个屈辱的封号，开始了凄惨的阶下囚生活。

从一国之君变成亡国之君，李煜心中无比痛苦，他把这些痛苦用词一一记录下来。

破阵子

　　四十年来家国，三千里地山河。凤阁龙楼连霄汉，玉树琼枝作烟萝。几曾识干戈？　　　一旦归为臣虏，沈腰潘鬓消磨。最是仓皇辞庙日，教坊犹奏别离歌。垂泪对宫娥。

曾经，那四十年的家国基业，三千里的大好河山，都沉浸在一片繁华安逸之中，"几曾识干戈"？而今遭遇亡国之祸，想起当初被俘，北上之前，在仓皇之中辞别宗庙，教坊的乐工们奏起别离的音乐，何等凄惶。李煜每每想起，都悲伤欲绝，忍不住对着宫女垂泪。

北国潇潇的雨声也会引起他的故国之思。

浪淘沙

帘外雨潺潺，春意阑珊，罗衾不耐五更寒。梦里不知身是客，一晌贪欢。　　独自莫凭栏，无限江山，别时容易见时难。流水落花春去也，天上人间。

只有在梦里，李煜才能暂时忘记自己已经是被俘的亡国之君，有片刻的欢乐。

国破家亡，李煜想起当年自己不听忠臣的逆耳忠言，苟且偏安，生活奢靡，有检讨悔恨之意：

望江南

多少恨，昨夜梦魂中。还似旧时游上苑，车如流水马如龙。花月正春风。

赵匡胤在位时，李煜虽然是阶下囚，日子还过得下去。赵匡胤死后，他的弟弟赵光义继位，史称宋太宗。赵光义比赵匡胤更加不信任李煜这个亡国之君，李煜的日子就更难过了。

有一天晚上，李煜心中苦闷，借酒浇愁，让侍女唱他的新词《虞美人》：

春花秋月何时了，往事知多少？小楼昨夜又东风，故国不堪回首月明中。　　雕栏玉砌应犹在，只是朱颜改。问君能有几多愁？恰似一江春水向东流。

赵光义知道了这件事，见词中有"故国不堪回首月明中"等字样，认为李煜贼心不死，担心他终会作乱，就派人送去毒酒。李煜饮下了毒酒，结束了他屈辱的阶下囚生活。

李煜虽然是个不及格的君主，但是对文学贡献很大。他前期的作品主要反映宫廷生活和风花雪月，风格绮丽柔靡；后期的作品多反映亡国之痛，哀婉凄凉，感情真挚。

在李煜之前，词的内容比较浅薄，题材也比较狭窄。李煜扩大了词的表现领域。王国维说："词至李后主而眼界始大，感慨遂深，遂变伶工之词而为士大夫之词。"

李煜用斑斑血泪写下的作品，至今仍然感染着千千万万的读者。

忍把浮名，换了浅斟低唱
——柳永

柳永原名柳三变，字耆卿，是北宋著名词人。他的词流传很广，当时有"凡有井水饮处，即能歌柳词"之说。

柳永屡试不第。他填词说："富贵岂由人，时会高志须酬。"富贵哪能由人决定呢？到时候我的高远志向自然就能达成。不过这只是自我安慰而已。

传说柳永本来已经考上了，但宋仁宗审阅名单时，看到了柳永的名字，想起了他的《鹤冲天》，就说："这个人既然这么喜欢'浅斟低唱'，还要区区'浮名'干什么？就让他填词去吧！"说罢就提笔把柳永的名字勾掉了。

我们来看看这首惹祸的《鹤冲天》：

　　黄金榜上，偶失龙头望。明代暂遗贤，如何向？未遂风云便，争不恣狂荡。何须论得丧？才子词人，自是白衣卿相。

烟花巷陌，依约丹青屏障。幸有意中人、堪寻访。且恁偎红倚翠，风流事、平生畅。青春都一饷，忍把浮名，换了浅斟低唱。

从"黄金榜上，偶失龙头望"一句可以看出，这首词是柳永某次落第后所作。词中说，现在是圣明的朝代，不过还是暂时把我这种人才给遗漏了；又说，要那些浮名有什么用？还不如把它换成喝酒唱歌。全词牢骚满腹，含讥带讽，语气轻狂，矛头直指朝廷，难怪宋仁宗看了觉得恼火。

宋仁宗轻轻一笔，柳永就名落孙山了。他只好自我解嘲，自称"奉旨填词柳三变"。

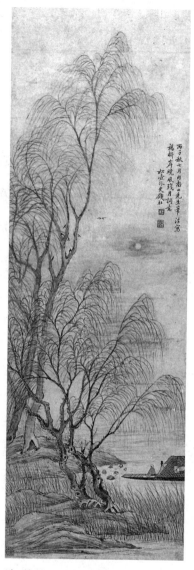

清 钱杜 杨柳岸晓风残月

柳永"奉旨填词"，成果如何？我们来看他的代表作《雨霖铃》：

寒蝉凄切，对长亭晚，骤雨初歇。都门帐饮无绪，留恋处、兰舟催发。执手相看泪眼，竟无语凝噎。念去去、千里烟波，暮霭沉沉楚天阔。　　多情自古伤离别，更那堪冷落清秋节！今宵酒醒何处？杨柳岸、晓风残月。此去经年，应是良辰好景虚设。便纵有千种风情，更与何人说？

相传唐玄宗在四川避难时，栈道边的铁索上有铃铛，方便行人前后照应。唐玄宗在雨中听到铃声而想起杨贵妃，创作了《雨霖铃》曲。可以想见，曲调里有哀伤的成分。历代词人写了许多《雨霖铃》，柳永的这首是最有名的。你看，骤雨初歇，寒蝉凄切。时值秋日，景物萧瑟；暮色阴沉，更添凄凉。难怪"执手相看泪眼，竟无语凝噎"。词人将离情写得缠绵悱恻，十分动人。再看《望海潮》：

> 东南形胜，三吴都会，钱塘自古繁华。烟柳画桥，风帘翠幕，参差十万人家。云树绕堤沙。怒涛卷霜雪，天堑无涯。市列珠玑，户盈罗绮，竞豪奢。　　重湖叠巘清嘉。有三秋桂子，十里荷花。羌管弄晴，菱歌泛夜，嬉嬉钓叟莲娃。千骑拥高牙。乘醉听箫鼓，吟赏烟霞。异日图将好景，归去凤池夸。

我们都知道"上有天堂，下有苏杭"，这首词浓墨重彩地渲染了杭州繁华的经济与美丽的自然景色，气势煊赫，笔致潇洒。据说金主完颜亮读了《望海潮》，非常羡慕这"三秋桂子，十里荷花"的美景，产生了挥师南下的念头。这个可怕的副作用真是让人始料未及。

柳永是婉约派的代表词人，他把目光投向了平民百姓所在的市井，扩大了词的题材范围，用通俗流利的语言一改晚唐五代词人的雕琢习气。他对词有创新之功，对后世影响很大，说他是里程碑式的人物也不为过。但评论也说他的词格调不够高雅。

宋徽宗宣和年间，有个叫刘季高的官员在相国寺谈论诗词，旁若无人地贬低柳永。有个老者听了半天，起身拿了纸笔，说："既然你觉得柳词一无是处，那你写首好的给我开开眼吧！"刘季高瞬间无言以对。此事可发一噱。

无可奈何花落去，似曾相识燕归来
——晏殊

晏殊字同叔，是北宋著名文学家。

晏殊七岁时就能写文章。十四岁的时候，地方官把晏殊作为神童推举给朝廷。宋真宗召晏殊和一千多名进士一起参加殿试。晏殊虽然年幼，但神情自若，一点也不怯场。考卷发下来，他提笔就写，文不加点，一气呵成。宋真宗看了晏殊的考卷，很是欣赏，赐他同进士出身。

寇准说："晏殊是江东人氏。"江东过去属于南唐。那时南唐已经亡国三十多年了，寇准还忌惮一个来自南唐故地的小小考生，当初宋太宗赵光义忌惮李煜这个亡国之君也就不难理解了。寇准说这话，潜台词是提醒宋真宗不可以重用晏殊。宋真宗却说："唐代名相张九龄难道不是江东人氏吗？"没有采纳寇准的建议。

两天之后，宋真宗又对考生进行诗赋策论的复试。看到题目后，晏殊说："这道题目我曾经做过，请换其他题目考我吧。"宋真宗赞赏晏殊的诚实，加上他文章写得好，就把他擢升为秘书省正字。

那时京城的大小官员经常到郊外游玩，或者在酒楼茶馆举行各种宴会，晏殊从不参与游乐。后来，宋真宗要选一个人辅佐太子读书，就选中了晏殊，大臣们很意外。宋真宗说："群臣经常游玩饮宴，只有晏殊闭门读书。如此自重谨慎，正是合适的人选。"晏殊谢了恩，说："其实我也喜欢游玩饮宴，只是家里穷，没有钱出去玩。如果有钱，我也愿意出去玩。"宋真宗见他如此诚实，更加欣赏他了。

晏殊的词作既含蓄又深沉，意境高远。如他的《浣溪沙》：

一曲新词酒一杯，去年天气旧亭台。夕阳西下几时回？

无可奈何花落去，似曾相识燕归来。小园香径独徘徊。

大意是：填一曲新词，喝一杯酒，还是去年的天气、旧日的亭台。夕阳西沉，何时再回来？无可奈何中花凋落了，归来的燕子似曾相识，小园的花间小径上我独自徘徊。

晏殊的词作里有一些佳句，像"昨夜西风凋碧树，独上高楼，望尽天涯路"，还有"满目山河空念远，落花风雨更伤春，不如怜取眼前人"等等，雅致含蓄，语言优美。

晏殊的第七个儿子晏几道也是著名词人，人称"小晏"，以区别于晏殊这个"大晏"。

晏殊著作极为丰富，以词著称文坛，更以良好的品德受到后人的推崇。他还注重奖掖后进，范仲淹、王安石等人都出自他的门下。

人不寐，将军白发征夫泪
——范仲淹

范仲淹字希文，是北宋文学家、政治家。他两岁丧父，母亲带着他改嫁到朱家。后来他知道了自己的身世，就告别了母亲，出外读书。

范仲淹在应天府书院读书学习时，非常刻苦，读累了就用冷水洗脸，继续读书。为了节省开销，他把粥放冷了之后切成四块，早晚各吃两块充饥。

功夫不负有心人，经过苦读，范仲淹考中进士，踏入仕途。他把母亲接来奉养，恢复了自己的本姓。

范仲淹看不惯吕夷简任人唯亲，就对这种不正之风进行抨击。吕夷简反咬一口，说范仲淹结党营私。宋仁宗听信谗言，把范仲淹贬到了饶州。后来北宋和西夏交战，范仲淹才被委以重任。

当时北宋的西方有党项族，经常袭扰边境。首领元昊雄心勃勃，自称皇帝，国号大夏。因为它在北宋的西面，所以史称西夏。元昊调集军马，袭击延州。西夏军队训练有素，机动灵活。宋军久不打仗，不是精锐的西夏骑兵的对手。两军一交战，宋军败下阵来。

宋军战败的消息传来，宋仁宗大怒，把延州知州范雍撤了职，让范仲淹去延州主持工作。

范仲淹到了延州，立刻着手整饬军队，修建防御工事，提拔了一批猛将，又招募了新兵。他严格操练，把散漫的军队训练成了精兵。

西夏军见范仲淹防守严密，知道他不好对付，就不敢轻举妄动，还说："这个小范（范仲淹）可不像之前那个老范（范雍）那么不堪一击！"

西夏和北宋打了几年仗，没得到什么好处，两方就议和了。西夏向北宋称臣，北宋每年给西夏银绢，花钱买平安。这是后话。

范仲淹有一首《渔家傲》，反映了他的军旅生涯。

> 塞下秋来风景异，衡阳雁去无留意。四面边声连角起。千嶂里，长烟落日孤城闭。　　浊酒一杯家万里，燕然未勒归无计。羌管悠悠霜满地。人不寐，将军白发征夫泪。

秋天一到，风景就全变了。北雁南飞，毫无留恋。四面八方传来号角的声音。远山、落日、孤城、笛声，都引起边关将士的乡愁。但是仗还没有打完，无法回家。将士们愁白了头发，流下了思乡的眼泪。这首词感情深挚，风格悲壮，开后世苏轼、辛弃疾豪放词风的先河。

范仲淹守边有功，宋仁宗很欣赏他。庆历年间，宋仁宗采纳了范仲淹的建议，推行了改革，内容包括改革科举制度、考核官吏、提倡农桑、加强军备等，史称"庆历新政"。这是北宋第一次大规模的政治革新，因为摊子铺得太大，反对的势力太强，很快就失败了。

反对势力不断攻击诋毁范仲淹，范仲淹被他们整得没有片刻安宁，自请离开京城去守卫边境。在强大的压力下，宋仁宗改革的决心已经所剩无几，他见范仲淹自己愿意离开，乐得顺水推船，赶紧让他走了。

范仲淹一离开，宋仁宗就下令把新政全部废止。

后来，范仲淹的老朋友滕子京重修了岳阳楼，请他写篇文章留个纪念，范仲淹就写了名篇《岳阳楼记》。在这篇文章里，他描述了洞庭湖朝晖夕阴、气象万千的壮观景象，抒发了忧国忧民、感时伤事之情。

范仲淹留存的文学作品数量不是很多，但文、词、诗都有传世之作。他的作品内容切中实际，文风清雄悲壮，没有靡靡之音，文品一如他的人品。他的名句"先天下之忧而忧，后天下之乐而乐"是他人生的真实写照，千百年来被广为传诵。

曾是洛阳花下客，野芳虽晚不须嗟
——欧阳修

欧阳修字永叔，号醉翁、六一居士，是北宋古文运动的倡导者和领袖，"唐宋八大家"之一。

欧阳修幼时丧父，家里穷得买不起纸笔，母亲郑氏用荻秆在地上写字，教他识字。欧阳修天资聪颖，刻苦勤奋，写出来的文章文笔老练，看不出是个少年人的作品。他的叔叔对他的母亲说："嫂嫂不要担心家里穷、孩子年纪小，这个孩子是个奇才！他不但能光大我欧阳家的门庭，也一定能够名重当世。"

一个偶然的机会，欧阳修得到了韩愈的文集。他读后非常喜欢韩愈的文风，发誓也要写出这样的好文章。他悉心揣摩，认真学习。长大以后，欧阳修进京赶考，中了进士。

前面说过，范仲淹抨击吕夷简，反被贬官。欧阳修是范仲淹坚定的支持者。范仲淹被贬到了饶州，欧阳修也被牵连，被贬到了夷陵当县令。

欧阳修的朋友丁宝臣写了一首诗送给他。因为丁宝臣字元珍，所以欧阳修回给他一首《戏答元珍》：

> 春风疑不到天涯，二月山城未见花。残雪压枝犹有橘，
> 冻雷惊笋欲抽芽。夜闻归雁生乡思，病入新年感物华。
> 曾是洛阳花下客，野芳虽晚不须嗟。

"春风不度玉门关"，夷陵小城，天高皇帝远，二月里没有春风，百花也没有开。积雪压弯了树枝，枝上还挂着去年的橘子。在寒冷的天气里，春雷声中，竹笋就要抽芽了。听到雁鸣，诗人起了思乡之情；久病又逢新春，眼前的一切都触动思绪。不过，诗人曾在洛阳见过千姿百态的花，这里的野花虽然开得晚，也没有什么好嗟叹的。

欧阳修被贬后是失意的，在这首诗里，他强打精神，自我安慰，发出对人生、对政治的感慨。

后来，欧阳修被召回京城任职。庆历新政失败后，范仲淹又被人排挤。像之前一样，欧阳修为他据理力争，结果被贬到了滁州。

在滁州，欧阳修写下了著名的《醉翁亭记》。这篇文章结构精巧，意境优美。滁州风景美丽，令人陶醉，欧阳修远离了党争，尽情享受着难得的安宁。可是，一想到有志之士遭受打击，

国家存在隐忧，欧阳修的心情又沉重起来。

欧阳修注重提拔后学，他培养的人才里，最出色的是曾巩、王安石、苏洵、苏轼、苏辙。这五个人再加上唐代的韩愈、柳宗元和欧阳修自己，被称为"唐宋八大家"。

宋朝前期流行骈体文，虽然辞藻华丽，但是内容空洞，言之无物。欧阳修大力改革文风，倡导文体革新运动。他担任科考主考官的时候，把那些苗而不秀、华而不实的考卷都黜落了。考试结束后，一群落榜的考生在街上堵住他，骂骂咧咧。甚至有人给他写了祭文诅咒他。对于这种上不了台面的手段，欧阳修只是付之一笑。

传说，在阅卷的时候，欧阳修见一篇文章写得洒脱豪放，风格浑厚，十分欣赏。因为试卷是密封的，看不到考生的名字，欧阳修觉得只有他的得意门生曾巩才能写得这么好，怕点了自己的门生当头名会受人议论，于是把这个考生列为第二名。结果这个考生不是曾巩而是苏轼，欧阳修很是后悔。

欧阳修对苏轼的才华很赏识，他曾说："读苏轼的文章，不知不觉出了汗，太痛快了！我这个老家伙得给年轻人让路了，好让他出人头地。"

欧阳修自号"六一居士"，他解释说："我有藏书一万卷、金石遗文一千卷、一张琴、一局棋、一壶酒，加上我这个老翁，就是'六一'了。"

　　欧阳修是北宋古文运动的领袖。苏轼说欧阳修"论大道似韩愈，论事似陆贽，记事似司马迁，诗赋似李白"，评价非常高。

　　欧阳修的词作风格沿袭五代，但也有所革新。我们来看一首《浪淘沙》：

　　　　把酒祝东风，且共从容。垂杨紫陌洛城东。总是当时携手处，游遍芳丛。　　　聚散苦匆匆，此恨无穷。今年花胜去年红，可惜明年花更好，知与谁同？

　　欧阳修沿着李煜词所开辟的方向，进一步用词抒发自我的人生感受，同时朝着通俗化的方向开拓，与柳永词相互呼应。

春风又绿江南岸，明月何时照我还
——王安石

王安石字介甫，号半山，是北宋著名的政治家、文学家，"唐宋八大家"之一。

王安石少年时喜好读书，过目不忘，写起文章来文不加点。他的朋友曾巩把他的文章带给欧阳修看，欧阳修看了大加赞赏。

王安石性情执拗，人称"拗相公"。他非常廉洁自律，这一点连他的政敌都十分佩服。

王安石是出了名的不修边幅，很长时间都不洗澡，脏得连他的朋友都受不了了，给他准备好新衣服约他去洗澡。王安石洗完澡，拿起新衣服穿了就走，不问新衣服是哪里来的，也不问旧衣服到哪里去了，好像根本就没发现衣服有什么不同。

有一次，王安石的仆人聚在一起闲聊，说起王安石爱吃什么。一个仆人言之凿凿，说王安石爱吃獐子肉。其他人都半信半疑。那个仆人说："我见老爷吃饭时总是夹獐子肉吃，难道这还不能证明吗？"后来大家发现，那不过是因为獐子肉经常放得离王安石最近。如果把别的菜放在离他最近的地方，他也会猛夹那个菜吃。这样一个不讲究吃穿的主人简直太好伺候了，仆人们都为这个新发现而暗暗高兴。

王安石最为人熟知的事情就是推行变法。作为一个极其执拗又不拘小节的人，他提出"天变不足畏，祖宗不足法，人言不足恤"这样惊世骇俗的口号也是不足为奇的。他有一首诗写道：

飞来山上千寻塔，闻说鸡鸣见日升。不畏浮云遮望眼，自缘身在最高层。

"不畏浮云遮望眼，自缘身在最高层"，这是何等的勇气与自信！

王安石的变法虽然取得了一定成效，但是触及官僚地主的利益，加上推行过程中用人不当，有种种弊端，遭到了保守派的激烈反对。

保守派堪称人才济济，我们非常熟悉的砸过缸的司马光，还有"唐宋八大家"中的文豪欧阳修、苏轼都是变法的反对者。到了后来，连宋神宗的祖母和母亲都向他哭诉，说王安石祸国殃民，搞得天下大乱。在如此巨大的压力下，曾经支持变法的宋神宗也动摇了，罢免了王安石，变法遭遇了重大挫折。

第二年，宋神宗经过权衡，决心把新法继续推行下去，就下诏恢复了王安石的官职。但是形势已经今非昔比，宋神宗与王安石君臣二人雄心勃勃之际都难以做到的事情，心灰意懒之时就更难实现了。这期间王安石遭遇了丧子之痛，这对一个老人来说是极大的打击。王安石多次称病，请求辞官，终于如愿以偿，被再次罢相。

王安石晚年隐居在江宁，过着闲适的生活。他在邻居的墙上题了两首诗，表达了自己恬淡的心情：

> 茅檐长扫净无苔，花木成畦手自栽。一水护田将绿绕，
> 两山排闼送青来。
> 桑条索漠楝花繁，风敛余香暗度垣。黄鸟数声残午梦，
> 尚疑身属半山园。

王安石前期的诗作风格比较直接，相比之下晚年的作品艺术性更高。除了上面的两首《书湖阴先生壁》，我们熟悉的《泊船瓜洲》也是他晚年的作品。

> 京口瓜洲一水间，钟山只隔数重山。春风又绿江南岸，
> 明月何时照我还？

为了找到这个"绿"字，王安石反复推敲，先后用过"到""入""过""满"等十几个字，才终于找到了最合适的。一个"绿"字，写出了春风过处江南生机勃勃、绿意盎然的景象，

堪称炼字的经典案例。

王安石的词作留存至今的不算多，以抒情的词艺术性最高。我们就以王安石最出色的词作结束他的部分吧！

桂枝香·金陵怀古

登临送目，正故国晚秋，天气初肃。千里澄江似练，翠峰如簇。征帆去棹残阳里，背西风酒旗斜矗。彩舟云淡，星河鹭起，画图难足。　　念往昔、繁华竞逐。叹门外楼头，悲恨相续。千古凭高，对此谩嗟荣辱。六朝旧事随流水，但寒烟衰草凝绿。至今商女，时时犹唱，《后庭》遗曲。

莫听穿林打叶声，何妨吟啸且徐行

——苏轼

苏轼字子瞻，他和父亲苏洵、弟弟苏辙都是著名文学家，一门父子三人并称"三苏"，都名列"唐宋八大家"之中，这在文学史上也是不多见的。有没有想起前面说过的"三曹"？

前面我们说过，欧阳修很欣赏苏轼，一手发掘了他，还要为他让路。苏轼年纪轻轻就考中进士，同时考中的还有他弟弟苏辙。一家同时考中两个进士，真是大喜事。可是苏轼的仕途并不平顺。

王安石主持变法时，苏轼和他政见不合，被贬出京城，到杭州做通判。

苏轼和杭州缘分很深，曾先后两次在杭州任职。他主持疏浚西湖，用挖出来的淤泥在西湖修了一条堤坝。杭州百姓为了纪念他，把这条堤坝叫作"苏公堤"，后来"苏堤春晓"成为西湖十景之一。杭州的如画美景让苏轼灵感奔涌，他热情洋溢地赞美西湖：

> 水光潋滟晴方好，山色空濛雨亦奇。欲把西湖比西子，淡妆浓抹总相宜。

杭州通判任满，苏轼被调到密州。他在密州打猎，写下一首《江城子》：

> 老夫聊发少年狂，左牵黄，右擎苍。锦帽貂裘，千骑卷平冈。为报倾城随太守，亲射虎，看孙郎。 酒酣胸胆尚开张，鬓微霜，又何妨？持节云中，何日遣冯唐？会挽雕弓如满月，西北望，射天狼。

这首词描绘了出猎时的景象，表达了忠心报国的志向，气势豪迈，壮志飞扬。

1076 年的中秋，苏轼喝得大醉，望着圆圆的明月，十分想念很久不见的弟弟苏辙，于是写下了这首《水调歌头》：

> 明月几时有？把酒问青天。不知天上宫阙，今夕是何年。我欲乘风归去，又恐琼楼玉宇，高处不胜寒。起舞弄清影，何似在人间。 转朱阁，低绮户，照无眠。不应有恨，何事长向别时圆？人有悲欢离合，月有阴晴圆缺，此事古难全。但愿人长久，千里共婵娟。

苏轼向往天上的生活，又留恋着人间的美好，不禁有些矛盾。明月不会对人们有什么怨恨吧，为什么偏在人们离别时才这样圆？人有悲欢离合，月有阴晴圆缺，自古以来就是这样。只希望世上所有的人能平安，即便相隔千里，也能共享这美好的月光。这首词意境清新，极富浪漫主义色彩，乐观而旷达，是苏轼的代表作。

接着，苏轼又在徐州、湖州做过官。在湖州时，苏轼遭遇了人生最大的危机。他的政敌们搜罗了他诗文里的句子，捕风捉影，说他讽刺朝廷。苏轼因此被抓到京城问罪。临出门时，妻子怕他从此就回不来了，拽着他的衣服哭得死去活来。苏轼说："你就不能像杨朴的妻子一样作一首诗送我吗？"妻子不禁破涕为笑。杨朴是一个隐士，宋真宗召见他，问："你这次来有人作诗送你吗？"杨朴说："我妻子作了一首。"就念给宋真宗听。里面有一句"今日捉将官里去，这回断送老头皮"，宋真宗听了忍不住大笑，就放他回家了。

前路未卜，苏轼还能这样幽默。还好，苏轼这次没有"断送老头皮"。他被关了一百多天，接受拷问。政敌们罗织罪名，想置他于死地，但也有许多人为他求情。苏辙上书宋神宗，请求削官为哥哥赎罪。最终，苏轼得以出狱，被贬到黄州做团练副使。这就是历史上有名的"乌台诗案"。

苏轼在黄州的日子过得十分艰难。他的好友马正卿怕他会饿死，替他申请了一块荒地，从前是军队的营地。苏轼一家改造了荒地，在上面耕种，还在东坡上盖了几间草房。草房落成后，天降瑞雪。苏轼看着纷纷扬扬的雪，很是高兴，给草房取名叫"雪堂"。

在黄州的第三年，寒食这一天，苏轼写了两首诗，抒发自己的心境。

自我来黄州，已过三寒食。年年欲惜春，春去不容惜。

今年又苦雨，两月秋萧瑟。卧闻海棠花，泥污燕支雪。

暗中偷负去，夜半真有力。何殊病少年，病起须已白。

春江欲入户，雨势来不已。小屋如渔舟，濛濛水云里。

空庖煮寒菜，破灶烧湿苇。那知是寒食，但见乌衔纸。

君门深九重，坟墓在万里。也拟哭涂穷，死灰吹不起。

苏轼此时的心情孤独又惆怅，这两首诗写得十分苍凉。苏轼一生名篇佳作无数，这两首诗并不拔尖；但是通篇书法跌宕起伏，气势奔放，在书法史上有重要的地位，排在王羲之《兰亭集序》和颜真卿《祭侄文稿》之后，被誉为"天下第三行书"。

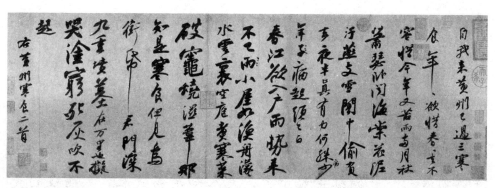

宋 苏轼 黄州寒食诗帖

为了排遣忧愁，苏轼四处游山玩水，放松身心。他多次在黄州城外的赤壁矶游玩，写下了《前赤壁赋》《后赤壁赋》《念奴娇·赤壁怀古》等千古名作。虽然这个赤壁矶并不是三国时孙刘联军大破曹军的那个赤壁，但是谁会在乎呢？我们来看这首《念奴娇·赤壁怀古》：

> 大江东去，浪淘尽、千古风流人物。故垒西边，人道是，三国周郎赤壁。乱石穿空，惊涛拍岸，卷起千堆雪。江山如画，一时多少豪杰。　遥想公瑾当年，小乔初嫁了，雄姿英发。羽扇纶巾，谈笑间，樯橹灰飞烟灭。故国神游，多情应笑我，早生华发。人生如梦，一樽还酹江月。

这首词写得气势磅礴，豪情奔放，有对昔日英雄豪杰的怀念和敬仰，也有对自己坎坷人生的无限感慨。

但是苏轼的霉运还没有结束。在之后的岁月里，他又先后被贬到过惠州、儋州等地。惠州在现在的广东省，儋州在现在的海南省。在惠州，苏轼苦中作乐，写诗道：

> 罗浮山下四时春，卢橘黄梅次第新。日啖荔枝三百颗，不辞长作岭南人。

杨贵妃爱吃荔枝，唐玄宗就让人快马加鞭地送来，一路上不停地换马，荔枝送到杨贵妃手里时还没有变质。杜牧曾经写诗讽刺道："一骑红尘妃子笑，无人知是荔枝来。"荔枝的美味让人垂涎。岭南盛产荔枝，苏轼很容易就能吃到。他也觉得荔枝太好吃了，就是一直在岭南住下去也不要紧。

被贬到儋州时，苏轼已经六十多岁了。儋州比惠州条件更艰苦，缺医少药，连个说话的人都没有。即便在这样的环境里，苏轼也依然保持着乐观的心态，很快和当地的居民成为好朋友。每次出门，如果找不到回家的路了，苏轼就寻找牛粪的痕迹，因为他家就住在牛棚旁边。

宋徽宗继位后，大赦天下，苏轼得以遇赦北上。因为年迈多病，他没能坚持到京城，走到常州就与世长辞了。

苏轼以潇洒旷达的态度来面对坎坷的人生。他多才多艺，文章、诗词、书法、绘画都有传世名作。他是豪放词派的代表人物。当时有人说，柳永的词，得是十七八岁的漂亮女孩儿，拿着红牙拍板，唱"杨柳岸晓风残月"；苏轼的词则需要关西大汉，拿着铁绰板、铜琵琶，唱"大江东去"。这个评价十分生动有趣。

最后，我们以苏轼在黄州时写的一首《定风波》来结束吧：

> 莫听穿林打叶声，何妨吟啸且徐行。竹杖芒鞋轻胜马，谁怕？一蓑烟雨任平生。　料峭春风吹酒醒，微冷，山头斜照却相迎。回首向来萧瑟处，归去，也无风雨也无晴。

万水千山，知他故宫何处

——赵佶

宋徽宗赵佶是宋神宗的第十一个儿子，继位以前的封号是端王。据说他降生之前，宋神宗曾经观看过南唐后主李煜的画

宋 赵佶 听琴图（局部，图中抚琴者即赵佶本人）

像，对他儒雅的风度极为心仪，随后宋徽宗就出生了。人们相信宋徽宗赵佶就是南唐后主李煜转世，来毁掉大宋的江山，报当年的亡国杀身之仇。

虽然这个传说十分荒诞，但是赵佶和李煜确实有很多相似之处：他们都

是不及格的皇帝，过着奢靡的生活；他们都是亡国之君，遭受极大的屈辱，惨死异乡；他们都有出色的艺术才华。李煜能书善画，是杰出的词人；宋徽宗书画皆精，留存至今的真迹都是宝贵的文物，独创的"瘦金体"书法清劲奇崛，独树一帜。如果他们不是一国之君，一定是出色的文学家和艺术家，于国于民于己都善莫大焉。

和李煜一样，赵佶最初也不是皇位的候选人。他的父亲宋神宗把皇位传给了他的哥哥宋哲宗。宋哲宗只活了二十出头，没有儿子，只能由他的兄弟继承皇位。宋哲宗排行第六，他继位之前，前面的五个皇子就都死了，所以轮到他继位；他驾崩之前，七皇子、八皇子、十皇子也都已不在人世。九皇子虽然健在，却有目疾。这样一算，最年长的身体健康的皇子居然就是排行第十一位的赵佶了。

讨论皇位继承人的时候，大臣们都知道赵佶只会宅在王府里练字、画画、蹴鞠，根本不是当皇帝的材料，一开始没人推举他。宰相章惇力推十三皇子，理由是他和宋哲宗是一母所生。在这件事上最有发言权的向太后是宋神宗的皇后，宋哲宗继位后被尊为太后。这些皇子都不是向太后亲生的，所以章惇的推荐理由让她很生气。

有的大臣为了和章惇唱反调，就推举了赵佶——推举谁不重要，重要的是和章惇唱反调。章惇果然坚决反对，甚至在朝堂上大喊："端王轻佻，不可以君天下！"满座皆惊。向太后和其他大臣各怀心思，把赵佶推上了皇位。

赵佶一点都没辜负章惇对他的评价，登基之后不理朝政，成天玩乐，扩建宫殿，修建园林。下面的官员为了讨好他，到老百姓家里搜罗花石，凡是看中的就要强行搬走。为了不碰坏花石，他们经常拆毁民居，老百姓怨声载道。大运河上运送石头的船队络绎不绝，就是名著《水浒传》里提到的"花石纲"。

在皇宫里玩得不过瘾，赵佶就到外面去玩，甚至出入青楼寻花问柳。他只顾自己玩得高兴，却不知已经四面起火，各地农民起义浪潮汹涌，北方的金人也虎视眈眈。

1125年，金宋联手灭辽。这对北宋来说得不偿失。当时辽实力衰落，金迅速崛起，辽是宋北面的屏障。宋弱金强，联金灭辽，还想着分红，简直是与虎谋皮。这次合作让金人看透了北宋腐朽虚弱的本质，灭辽后不久，金兵兵分两路南下，直扑北宋的东京汴梁。赵佶从声色犬马里惊醒，发现已经四面楚歌。

宋 赵佶 瘦金体千字文（局部）

他赶紧把皇位传给儿子赵桓，让赵桓去想办法抵抗金兵，自己当太上皇。

赵桓在内忧外患中继位，史称宋钦宗。可惜他也不比他老爸强多少。当时京城城墙牢固，又有李纲这样的主战派主持抵抗，几次打退金兵的进攻，各地救援的兵马也陆续赶到，本来是有机会的。可是赵桓低估了金人的野心，一心苟安求和，奸臣们到了这时候都忘不了陷害忠良，排挤李纲。

昏君奸臣昏招迭出，终于，形势到了无法挽回的地步。求和已经没有用，赵桓束手无策，居然相信一个江湖骗子，寄希望于他能请来天兵天将。结果天兵没有请来，来的是漫山遍野的金兵。

宋钦宗靖康二年，也就是1127年，金兵攻破了汴梁，烧杀抢掠，俘虏了宋徽宗赵佶、宋钦宗赵桓两代天子，北宋就此灭亡，史称"靖康之变"。接着，心满意足的金兵押着徽钦二帝、后妃、皇族、官吏、工匠，带着劫掠来的各种财物，浩浩荡荡地渡黄河北上，得胜回朝。

宋徽宗在途中又饥又渴，见路边有桑葚，立刻摘下来，狼吞虎咽地吃下去。他对侍从说："记得小时候我的乳母曾吃过这种东西，我也抓了几枚吃，觉得很好吃。还没等吃完就被乳母抢去了，她说像我这种身份的人不能吃这种低贱的东西。现在我第二次吃桑葚，却落到如此境地！"说罢泪如雨下。在北上的路上，宋徽宗看见杏花开放，写了一首怀念故国的词：

燕山亭·北行见杏花

　　裁剪冰绡，轻叠数重，淡著胭脂匀注。新样靓妆，
艳溢香融，羞杀蕊珠宫女。易得凋零，更多少无情风雨。
愁苦。问院落凄凉，几番春暮。　　凭寄离恨重重,者双燕,
何曾会人言语。天遥地远，万水千山，知他故宫何处。
怎不思量，除梦里有时曾去。无据。和梦也新来不做。

　　金兵将俘虏押到会宁。徽钦二帝及男女随行人等按照金人
的指令，极其屈辱地跪拜了金人的宗庙。金太宗封宋徽宗为"昏
德公"，封宋钦宗为"重昏侯"，相比之下李煜的封号"违命侯"
似乎还略强一点点。

　　此后，徽钦二帝以及其他俘虏被囚禁起来，人人饱受折磨，
度日如年。

　　在无限痛苦和悔恨中，宋徽宗苦苦熬过了九年。这个曾经
的风流天子葬送了祖宗的基业，自己也凄惨地客死异乡了。

生当作人杰，死亦为鬼雄
——李清照

李清照号易安居士，是一位杰出的女词人。

李清照少女时期的生活是非常快乐的，我们从她的作品中可窥一斑：

如梦令

常记溪亭日暮，沉醉不知归路。兴尽晚回舟，误入藕花深处。争渡，争渡，惊起一滩鸥鹭。

你看，少女开心地划着小舟，惊起沙滩上的水鸟。我们仿佛能听到开心的笑声和水鸟扑棱扑棱的振翅声。

十八岁时，李清照嫁给了金石学家赵明诚，婚后的生活十分美满。他们志趣相投，共同搜集古玩字画，勘校整理古书。他们常常在一起打赌，说出某件事在某书的哪一页哪一行，先说对了的就可以先饮茶。他们说说笑笑，常常把茶杯都打翻了。

有一次，李清照写了一首《醉花阴》寄给出门在外的赵明诚，表达了自己的思念：

> 薄雾浓云愁永昼，瑞脑消金兽。佳节又重阳，玉枕纱厨，半夜凉初透。　　东篱把酒黄昏后，有暗香盈袖。莫道不消魂，帘卷西风，人比黄花瘦。

赵明诚读了之后十分感动，同时起了好胜心，想胜过妻子。他关起门来，心无旁骛地写了三天，写出五十首《醉花阴》，把李清照的作品也混在里面，让好友陆德夫品评。陆德夫再三吟咏，说："只有三句最好。"赵明诚问是哪三句，陆德夫说："莫道不消魂，帘卷西风，人比黄花瘦。"正是李清照的词句。赵明诚心悦诚服。

但是快乐是短暂的，个人的命运总是和时代紧紧相连。1127年，北宋灭亡。在此之前，宋钦宗派他的弟弟康王赵构去金营求和。赵构的生母在宋徽宗心里毫无分量，赵构也是个很不受宠的皇子，所以这种危险的苦差事就落在了他的头上。

赵构生怕有去无回，又不敢抗旨，只得战战兢兢地踏上了北上求和的道路。走到磁州，州官宗泽拦住了他，磁州的百姓也纷纷拦在他的马前，不让他去求和。赵构本来就不想去，既然磁州军民一致反对他去，简直正中下怀。他从善如流，就坡下驴，躲到相州观望——完不成任务，不敢回去。

这一留，赵构因祸得福。金兵攻破东京汴梁后，城里的皇族被一网打尽，押解北上。赵构因为不在城中，幸运地成了漏网之鱼。国不可一日无君，既然徽钦二帝都被掳走，赵构就顺理成章地登基称帝，史称宋高宗。这个重新建立的宋王朝建都临安，史称南宋，区别于已经灭亡的北宋。

宋高宗赵构虽然登基，但是北方的土地已经大片丢失。他忙不迭地逃到了南边，许多老百姓见皇帝跑了，也跟着逃了过去，李清照也在其中。

此时赵明诚已死，他们夫妻之前辛辛苦苦搜集的金石古玩等也多半毁于战火。李清照居无定所，四处流亡。

半壁江山沦陷，百姓颠沛流离，南宋小朝廷却苟且偷安，不思雪耻，引起李清照的极大愤慨。她写下了一首诗：

夏日绝句

生当作人杰，死亦为鬼雄。至今思项羽，不肯过江东！

这首诗慷慨豪迈，气概尤胜男儿。不过讽刺归讽刺，偏安的小朝廷是不会因为被讽刺就知耻后勇的。

李清照经历了北宋灭亡、南宋建立的风云突变，她的一腔愁绪里有时代的烙印。她的忧愁不仅为了自己，也为了国家。

声声慢

寻寻觅觅，冷冷清清，凄凄惨惨戚戚。乍暖还寒时候，最难将息。三杯两盏淡酒，怎敌他、晚来风急？雁过也，正伤心，却是旧时相识。　　　满地黄花堆积，憔悴损，如今有谁堪摘？守着窗儿，独自怎生得黑？梧桐更兼细雨，到黄昏、点点滴滴。这次第，怎一个愁字了得？

亡国之恨，丧夫之哀，飘零之苦，"怎一个愁字了得"！这首词语言朴素清新，接近口语，又耐人寻味，白描的外在形式和精美的内在特质达到了完美的统一，堪称化腐朽为神奇。

李清照是婉约词派的代表词人，经历了两宋之交，在文学史上是一个承北启南的人物，对后世有深远影响。

夜阑卧听风吹雨，铁马冰河入梦来
——陆游

陆游字务观，号放翁，是南宋诗人。他童年时经历了北宋末至南宋初的战祸，全家颠沛流离，饱尝离乱之苦。

陆游十二岁就能写诗作文。虽然他仕途不顺，壮志难酬，但他爱国忧民的感情就像老酒的香味，愈加醇厚；就像大树的年轮，愈加绵密。他被罢官在山阴时，依然念念不忘收复失地，写下了感人至深的诗句：

秋夜将晓出篱门迎凉有感二首·其二

三万里河东入海，五千仞岳上摩天。遗民泪尽胡尘里，南望王师又一年。

黄河浩浩荡荡奔流入海，华山巍峨直刺云天。中原的百姓眼泪都流干了，眼巴巴地望着南方，盼望着朝廷的军队来收复

失地，拯救他们。可是等来的只是一年又一年的痛苦和失望。

这是一首感人的诗篇，又是一种深挚的情怀；这是一曲令人心痛的悲歌，又是一幅催人泪下的动人画面！我们读这首诗，仿佛看见了一位白发苍苍的老诗翁，在苍凉的秋风中，在破敝的篱笆门前，眼含着热泪；他犹如一尊塑像，矗立在史册，又如一座爱国主义的丰碑，至今矗立在我们的心中。

有一天晚上风雨大作，陆游躺在床上，心潮起伏：

僵卧孤村不自哀，尚思为国戍轮台。夜阑卧听风吹雨，铁马冰河入梦来。

风声雨声，声声入耳；家事国事，涌上心头。诗人虽然老迈，但报国之心不老；虽然屡遭打击，但并不气馁。在这个风雨大作的晚上，他梦见自己骑上披着铁甲的战马，跨过冰封的河流。诗中的拳拳爱国之情让人肃然起敬。

可是这样一位伟大的爱国主义诗人，朱熹却说他才能太高，业绩太少，很容易被当权者利用和控制，不能保全自己的晚节。朱熹为什么如此评价陆游？陆游到底有没有失节的行为？

宋宁宗继位后，韩侂胄当政，结党营私，扶植亲信，与宗室赵汝愚争权夺利。赵汝愚尊崇理学家朱熹。对韩侂胄来说，向朱熹开战就等于打击他背后的赵汝愚，加上朱熹也看不惯韩侂胄，新仇旧恨正好一起算。韩侂胄斥道学为伪学，罢逐赵汝愚和朱熹等人，株连了许多人，史称"庆元党禁"。

韩侂胄为了进一步树立威信，扩大势力，利用抗战派和人民渴望收复中原的心理，提出北伐。对陆游来说，无论是谁，只要是收复中原，他都积极支持；韩侂胄也积极网罗结识抗金人士。就这样，两人有了联系。韩侂胄十分高兴，因为陆游在抗战派中颇有影响。

在陆游的带动下，当时许多诗人纷纷支持韩侂胄的北伐。但陆游与韩侂胄的联系也引起了一些人对陆游的强烈反对。诗人杨万里本来是陆游的好朋友，但在这个问题上两人产生了分歧。此前，韩侂胄曾经拉拢过杨万里，并请他为自己新建的南园作记，杨万里一口回绝了，搞得韩侂胄很没面子。陆游由于支持韩侂胄的北伐，就答应了韩侂胄的邀请，为他撰写了《南园记》。杨万里听到这个消息后，对陆游很不满。两位大诗人就此决裂。

对陆游产生误会的不仅有杨万里，还有朱熹。朱熹认为陆游取媚于奸臣，从此不再与陆游来往。当时道学风行，朱熹的影响非常大。他表态之后，许多文人都出来指责陆游，甚至《宋史·陆游传》结尾也引用了朱熹对陆游的评价，等于是把负面评价写入史书，千古流传。这对陆游来说是一个冤案，是十分不公平的。

陆游一直希望能收复中原。虽然屡遭打击，但是初衷不改。临终之前，他口述一首《示儿》，念念不忘的，仍然是北伐：

死去元知万事空，但悲不见九州同。王师北定中原日，家祭无忘告乃翁。

诗人知道，死后就一了百了了，可是仍然为看不到国家统一而悲伤。他坚信国家一定会统一，只是自己看不到了而已。他嘱咐儿孙：如果将来朝廷的军队收复了中原，家祭的时候一定要记得告诉我！

这首诗催人泪下，千百年来感动了无数的人。

陆游的心事也是南宋军民的心事。后来，南宋联合蒙古灭金。宋军收复洛阳的消息传来，诗人刘克庄写道：

不及生前见虏亡，放翁易箦愤堂堂。遥知小陆羞时荐，定告王师入洛阳。

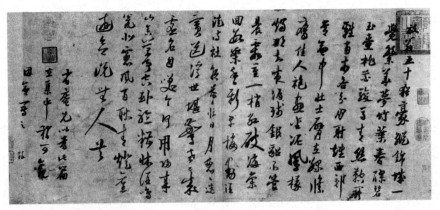

宋 陆游 怀成都十韵诗

陆游生前没有看到国家统一，临终前依然悲愤不已。现在宋军收复了洛阳，陆游的子孙一定会遵从他的遗嘱，把这个好消息告诉他的吧！我们相信，刘克庄此时的心情也是很兴奋、欣慰的。

但是好景不长，当年北宋联金灭辽后，又被金所灭；如今南宋联合蒙古灭金后，又被蒙古所灭。南宋遗民林景熙在《书陆放翁诗卷后》中写道：

青山一发愁蒙蒙，干戈况满天南东。来孙却见九州同，家祭如何告乃翁！

陆游的后代倒是看到了国家统一的这一天，可是家祭的时候该如何告诉陆游呢？林景熙此时的心情，也一定是伤心欲绝。

陆游是伟大的爱国主义诗人。梁启超称赞他说：

诗界千年靡靡风，兵魂销尽国魂空。集中什九从军乐，亘古男儿一放翁！

"亘古男儿一放翁！"——从古至今，称得上男子汉大丈夫的，只有陆游一人啊！

编者注：限于篇幅，陆游的故事就先讲到这里。如果读者朋友们还想进一步了解这位伟大的爱国主义诗人，不妨阅读我社出版的《中国故事·陆游的故事》。

童孙未解供耕织，也傍桑阴学种瓜
——范成大

范成大是南宋诗人。他父母早亡，家境贫寒。宋高宗年间，范成大考中了进士。

宋孝宗在位时，南宋与金议和，史称"隆兴合议"，也叫"乾道之盟"。这次和议没有议定接受国书的礼仪，宋孝宗事后有点后悔。过了几年，范成大奉命使金，主要有两个任务：一方面索求北宋诸帝的陵寝之地，一方面确定接受国书的礼仪。

这次出使不算顺利，范成大差点被金人扣押。经过一番波折，范成大得以全身而退。不过金世宗拒绝归还北宋诸帝的陵寝之地，只允许宋孝宗奉迁陵寝，同时归还宋钦宗的棺椁。

范成大保全了气节，回朝后受到宋孝宗的嘉许。

范成大出使途中，看到许多百姓在金人的统治下痛苦挣扎。

他在日记《揽辔录》中说，当年的御园一片荒芜，新城内都是废墟，百姓只不过是苟活而已。同时他也提到，在金人统治的地方，很多大宋子民的衣着、生活习惯等已经被同化了。这一切使范成大觉得屈辱、无奈又愤慨，他写道：

州桥南北是天街，父老年年等驾回。忍泪失声询使者："几时真有六军来？"

州桥是一个特殊的地点，它横跨汴河，处于闹市中心。当年北宋的东京汴梁非常繁华，这一点从张择端的《清明上河图》中可窥一斑。汴河的南北方都是御道，当年是只有皇帝的车驾才能走的地方。那些没能逃到南方的宋朝百姓，承受着亡国之痛，他们对故国的怀念远比年轻人深切。他们一直盼望着宋军来收复故土，"遗民泪尽胡尘里，南望王师又一年"。盼了几十年，忽然见到南宋朝廷派来的使者，如同见到了久别的亲人，有多少话要说，有多少泪要流！他们强行忍住放声大哭的冲动，拉住使者询问：朝廷的军队什么时候才能打过来？

面对他们殷勤的盼望，听着他们含泪的询问，作为使者的范成大无言以对。宋孝宗派范成大来为议和善后而已，这种话怎么忍心告诉这些苦等的父老乡亲？

范成大亲临其境，耳闻目睹，感触格外深刻，描写格外真切，写下的诗与依靠想象描写中原的诗截然不同。

范成大曾在四川任职。四川是抗金前线，范成大在此整顿军队，修建城池，招募人才，很有作为。在此期间，陆游曾在他麾下效力。

后来，范成大官居参知政事，但由于与宋孝宗意见相左，不久就辞去职务。

范成大晚年隐居故乡石湖。在此期间，他写下了组诗《四时田园杂兴》，足足有六十首，构成了一幅描写田园生活的长卷。我们来欣赏两首：

　　　　梅子金黄杏子肥，麦花雪白菜花稀。日长篱落无人过，唯有蜻蜓蛱蝶飞。

这首诗的开头非常具有画面感。梅子金黄，杏子肥大；麦花雪白，菜花稀疏。有花有果，色彩鲜艳。白昼越来越长，白天很少见到行人，只有蜻蜓和蛱蝶飞来飞去。村中非常寂静，蜻蜓蛱蝶飞舞，静中有动，显得更静。为什么会这样？因为农民忙于

农事，早出晚归，大白天村里当然没有人了。

昼出耘田夜绩麻，村庄儿女各当家。童孙未解供耕织，
也傍桑阴学种瓜。

诗人以朴实的语言、清新的笔调，热情、细腻地描写了初夏时节农村紧张繁忙的劳动情景。你看：农民白天耕耘田地，晚上搓麻线，男男女女都忙忙碌碌。小孩子们还不懂得如何耕织，也在桑树下学着种瓜，天真可爱。

范成大广泛地师法前人，作品风格多样，兼善众长。他诗文俱佳，以诗歌成就最高。他与尤袤、杨万里、陆游齐名，并称"中兴四大诗人"。

了却君王天下事，赢得生前身后名
——辛弃疾

辛弃疾字幼安，号稼轩，是豪放词派的代表人物。

辛弃疾出生时，北方大片地区已在金人的统治之下，他的家乡济南也在其中。辛弃疾自幼丧父，由祖父辛赞抚养长大。辛赞虽然为金人做事，但是心系故国，对辛弃疾期望很高。辛弃疾没有辜负祖父的期望，能力出众，文武双全。

二十二岁时，辛弃疾投奔了义军领袖耿京。耿京非常器重辛弃疾，让他掌管全军的文件和大印。辛弃疾劝耿京早日投奔南宋朝廷。

当时有一个僧人叫义端，喜欢谈论军事，辛弃疾曾与他有来往。辛弃疾投奔耿京后，劝说义端也加入义军，义端就带着手下的一千多人加入了耿京的队伍。没想到这个义端不是个好人，一天晚上，他偷了耿京的大印，趁夜潜逃。耿京闻讯大怒，因为义端是辛弃疾介绍来的，耿京怀疑辛弃疾也背叛了自己，要杀掉他。辛弃疾说："给我三天时间，抓不到贼人再杀我也不晚。"辛弃疾推测义端一定是要将义军的虚实报告给金人，马上去追赶，果然抓住了他。义端苦苦哀求，辛弃疾不为所动，斩下义端的头颅，回到军营。从此耿京更加看重辛弃疾。

后来，耿京让辛弃疾带着奏表南下去见宋高宗，表示归顺。宋高宗赵构见有人从北方来投奔朝廷，非常高兴，召见了辛弃疾，授予他官职，让他召耿京和义军过来。

辛弃疾兴冲冲地去见耿京，谁知耿京已经被部下张安国杀害。张安国杀害故主，投降金人，换来了荣华富贵。辛弃疾闻讯怒不可遏，带领精锐人马直奔金营捉拿张安国。张安国正与金将在一起喝酒取乐，辛弃疾的小队呼啸而来，闯入金兵大营，活捉了张安国，当着金人的面把他捆起来带走了。金人猝不及防，追赶不及，辛弃疾他们成功脱身。

辛弃疾把卖主求荣的张安国交给南宋朝廷，南宋朝廷把张安国在闹市处死，以儆效尤。辛弃疾的壮举不仅让南宋军民十分敬佩，连宋高宗也赞叹不已。

此后，辛弃疾便留在南方任职。和陆游一样，他一心想收复失地，但是我们都知道，南宋朝廷偏安一隅，无意北伐。辛弃疾的抱负和才能根本无法施展。最初的十年，辛弃疾并未受到重用，只是担任一些闲职。在此期间，南宋与金议和，就是我们前面说过的隆兴和议。辛弃疾多次上书陈述自己的救国方略，都不被采纳。

后来，辛弃疾先后做了几任地方要员，政绩很好，但政敌多次诬陷他，导致他被罢官。罢官闲居期间，辛弃疾写下了许多佳作。

破阵子·为陈同甫赋壮词以寄

醉里挑灯看剑，梦回吹角连营。八百里分麾下炙，五十弦翻塞外声。沙场秋点兵。　　马作的卢飞快，弓如霹雳弦惊。了却君王天下事，赢得生前身后名。可怜白发生！

陈同甫就是南宋著名词人陈亮。陈亮和辛弃疾志同道合，词作风格也很豪放。在这首写给好朋友陈亮的词里，辛弃疾回忆了早年激动人心的抗金活动，表达了杀敌报国、收复失地的理想，抒发了壮志难酬、英雄迟暮的悲愤。

辛弃疾亲身经历过军旅生活，写起来格外真实动人。读着"沙场秋点兵""马作的卢飞快，弓如霹雳弦惊"等句，我们仿佛看到了他当年策马奔腾，诛杀义端，生擒张安国，得胜归营的英姿。

辛弃疾虽然悲愤，但是不曾消沉，他报国的信念是坚定的，从来都不曾动摇。在另一首赠给陈亮的词里，他写道：

事无两样人心别。问渠侬，神州毕竟、几番离合？
汗血盐车无人顾，千里空收骏骨。正目断，关河路绝。

我最怜君中宵舞，道"男儿到死心如铁"。看试手，补
天裂。

"男儿到死心如铁"！这是昂扬不屈的精神，这是不甘屈
服的呐喊。"僵卧孤村不自哀，尚思为国戍轮台。夜阑卧听风
吹雨，铁马冰河入梦来。"陆游这样的感受辛弃疾也有：

> 平生塞北江南，归来华发苍颜。布被秋宵梦觉，眼
> 前万里江山。

前面我们提到，韩侂胄执政后，筹措北伐。辛弃疾因此被
召再次出山，先后担任绍兴知府和镇江知府。担任绍兴知府时，
辛弃疾曾与陆游相会。陆游对辛弃疾寄予厚望，曾写诗鼓励他。

担任镇江知府期间，辛弃疾一方面积极为北伐做准备，一
方面对韩侂胄轻敌冒进的行为感到担忧。辛弃疾力主充分准备，
谨慎行事，然而他的意见没有引起当权者的重视。

这一天，辛弃疾来到京口北固亭，登高眺望，怀古忆昔，
感慨万千，写下了《永遇乐·京口北固亭怀古》：

> 千古江山，英雄无觅，孙仲谋处。舞榭歌台，风流总被，
> 雨打风吹去。斜阳草树，寻常巷陌，人道寄奴曾住。想
> 当年，金戈铁马，气吞万里如虎。　　元嘉草草，封狼
> 居胥，赢得仓皇北顾。四十三年，望中犹记，烽火扬州路。
> 可堪回首，佛狸祠下，一片神鸦社鼓。凭谁问，廉颇老矣，
> 尚能饭否？

这首词借古讽今，豪壮悲凉。统治者不听劝阻，草率用兵，难免重蹈宋文帝"仓皇北顾"的覆辙，辛弃疾对此忧心忡忡。廉颇老矣，英雄迟暮，辛弃疾此时已经六十多岁了，回想当年的峥嵘岁月，报国之心依然如故。

辛弃疾的镇江知府没做多久，就遭人诬陷而被罢职。他的担忧也不幸成为现实，北伐宣告失败。不久，辛弃疾就与世长辞。和陆游一样，一直到生命的最后时刻，辛弃疾依然挂念着国家的统一大业，临终前大呼数声"杀贼"。

辛弃疾是豪放词派的杰出代表，对后世有深远影响。辛词的艺术成就不但可以和苏词媲美，而且在某些方面还有所突破发展。辛弃疾清丽婉约的词作虽然不多，但出手就是佳作，内在的高尚本质超越了婉约词派的周邦彦、柳永等人。比如大家非常熟悉的"众里寻他千百度，蓦然回首，那人却在灯火阑珊处"。辛弃疾的诗歌和散文也有相当高的成就。

辛弃疾是一个令人尊敬的爱国志士，也是一个伟大的词人。

人生自古谁无死，留取丹心照汗青
——文天祥

"人生自古谁无死，留取丹心照汗青。"这用血写成的诗句，古往今来人们耳熟能详。你知道这首诗背后的故事吗？

这首诗的作者是文天祥，他是南宋末年的政治家、文学家。文天祥小时候看见学宫中祭祀的欧阳修等人的画像，谥号都为"忠"，心中非常敬仰，立志要和他们一样。

文天祥天资聪颖，学有所成，二十岁时就中了状元。当时在位的是宋理宗，他在位四十年，执政后期奸臣当道，本来就已经风雨飘摇的南宋政权无可挽回地滑向了灭亡的深渊。

文天祥早期虽然有些政绩，但总体上并无大的建树。尽管如此，老一辈的忠臣还是非常欣赏他的气魄和志向，勉励他济世救国。

1274 年，蒙古大军水陆并进，直扑南宋国都临安。所过之处，南宋军队望风披靡，根本组织不起有效的抵抗。大难临头，南宋朝廷上下乱成一团。各地将领只求自保，勤王之师甚少。国难当头，文天祥知其不可而为之，散尽家资招兵买马，数月内组织义军三万，起兵勤王。

元军打到临安城下，谢太后惊慌失措，请求议和。元将伯颜要求南宋派丞相出城商议，丞相陈宜中闻讯竟连夜遁逃。文天祥临危受命，出城议和。谈判中，文天祥不畏元军武力，痛斥伯颜，慨然表示要抗战到底。他写道：

初修降表我无名，不是随班拜舞人。谁遣附庸祈请使，
要教索虏识忠臣。

元军见文天祥坚持不屈，就扣押了他。谢太后改派别人来议和。当年金军兵临城下，北宋朝廷就曾寄希望于议和，后来发生的事情我们都知道了。如今南宋朝廷寄希望于议和，也只是一场空。1276 年，元军占领临安，谢太后带领小皇帝宋恭帝投降。

文天祥被扣押后，最初以绝食抗议。后来元军押着他乘船北上，他设法逃脱，亡命江浙闽粤一带。元军设下反间计，说文天祥已经投降，南返是为元军赚城取地。文天祥屡遭猜疑戒备，颠沛流离。路过扬子江时，他写下一首《扬子江》：

几日随风北海游，回从扬子大江头。臣心一片磁针石，
不指南方不肯休。

"臣心一片磁针石，不指南方不肯休"！文天祥的诗集，名字就叫作《指南录》《指南后录》。虽然历经磨难，但文天祥对南宋王朝的忠心至死不变。临安的南宋朝廷投降之后，宋恭帝被押往大都。在张世杰、陆秀夫等人的拥护下，年幼的赵昰在福州登基，史称宋端宗。文天祥闻讯，辗转抵达福州。他派人赴各地募兵筹饷，号召民众起兵反抗。

1277年，文天祥率军挺进江西，攻取兴国，人心大振，抗元斗争复起。元军见状，聚集主力进攻文天祥所在的兴国大营。文天祥寡不敌众，节节败退，损失惨重，妻儿也被元军俘虏。年底，文天祥遭元军突然袭击，兵败被俘。他吞药自杀，未果。降元的南宋旧臣张弘范等人劝他投降，文天祥严词拒绝了。

宋军节节败退，张世杰、陆秀夫等人保护宋端宗登上海船，向广东转移。不料海上起了飓风，差点把宋端宗乘坐的船掀翻。年幼的宋端宗受了惊吓，得病死了。张世杰和陆秀夫又拥立了更加年幼的赵昺，宋军退守崖山。元军押着文天祥到崖山，逼他招降坚守崖山的宋军。文天祥不为所动，出示自己之前经过零丁洋时写下的《过零丁洋》明志：

> 辛苦遭逢起一经，干戈寥落四周星。山河破碎风飘絮，身世浮沉雨打萍。惶恐滩头说惶恐，零丁洋里叹零丁。人生自古谁无死？留取丹心照汗青。

南宋朝廷大势已去，如风中柳絮，但文天祥依旧忠心不改。

自古以来，人固有一死。文天祥坚信，倘若为国尽忠而死，死后仍可光照千秋，青史留名。

面对元军的招降，张世杰等人的回答和文天祥的回答一样：宁死不降！宋军在厓山苦苦支撑。元军切断了宋军通往陆地的交通线。宋军没有了淡水的补给，渴了只能喝海水。海水又咸又苦，士兵们喝了纷纷呕吐，身体越来越虚弱。

1279年，宋军和元军在厓山进行了最后的决战。在这次悲壮的决战里，宋军已经无力回天。陆秀夫背着小皇帝投海自尽，许多不愿投降的人也跟着跳入海中。张世杰虽然冲出了元军的包围圈，但不久就随着被风浪打翻的战船沉入海底。南宋王朝仅存的一点力量也被消灭了。

文天祥被押到大都囚禁起来，他顽强不屈，多次拒绝高官厚禄的诱惑。他也曾收到家人的求救信，得知妻儿都过着囚徒般的生活。他深知，只要投降，家人即可团聚，还有享不尽的荣华富贵。然而，文天祥尽管心如刀割，始终没有丧失气节。在监狱里，他写下了浩气长存的《正气歌》：

天地有正气，杂然赋流形。下则为河岳，上则为日星。……时穷节乃见，一一垂丹青。在齐太史简，在晋董狐笔。在秦张良椎，在汉苏武节。为严将军头，为嵇侍中血。为张睢阳齿，为颜常山舌。或为辽东帽，清操厉冰雪。或为出师表，鬼神泣壮烈。或为渡江楫，慷慨

吞胡羯。或为击贼笏，逆竖头破裂。是气所磅礴，凛烈
万古存。当其贯日月，生死安足论。……

文天祥列举了历史上的十二位忠义之士，称赞他们"是气
所磅礴，凛烈万古存。当其贯日月，生死安足论"，展现出伟
大的人格力量和崇高的气节。

就这样，文天祥度过了三年艰苦的牢狱生活，元朝统治者
渐渐对这个顽固的俘虏失去了耐心。元世祖忽必烈召见文天祥，
亲自劝降。文天祥面对忽必烈长揖不跪。像之前的许多说客一
样，忽必烈想用高官厚禄来说服文天祥投降。文天祥回答："我
是大宋的丞相。国家灭亡了，我只求速死！"忽必烈碰了个钉子，
也看清了文天祥的决心。他终于明白眼前这个人是不会屈服的，
于是他下令处死文天祥。

文天祥被押解到刑场。监斩官问："丞相还有什么话要说？"
文天祥喝道："死就死，还有什么可说的？哪边是南方？"有
人给他指了方向，文天祥向南方跪拜，说："我心中无愧了！"
于是从容就义，年仅四十七岁。事后，人们在文天祥的衣袋中
发现一篇自赞词：

孔曰成仁,孟曰取义,唯其义尽,所以仁至。读圣贤书,
所学何事? 而今而后, 庶几无愧。……

文天祥用生命兑现了自己"臣心一片磁针石，不指南方不
肯休"的诺言，他不屈的气节激励着无数的后来人。

粉骨碎身浑不怕，要留清白在人间

——于谦

  历史上有很多英雄人物喜欢借用高山、大海、青松、红梅来抒发自己的情感，展示自己的品质和节操。有一位大英雄，却用一首吟唱石灰的诗歌来表达自己敢于在烈火中磨炼意志，"要留清白在人间"的高风亮节。他就是明代的于谦。

  于谦少年时十分仰慕文天祥。永乐年间，于谦考中了进士。明宣宗朱瞻基在位时，于谦已经是御史了。他声音洪亮，语言流畅。当时的都御史顾佐对别的下属都很严厉，对于谦却挺客气，非常欣赏他的才能。

  后来，明宣宗的叔叔朱高煦起兵谋反。明宣宗亲自平叛，朱高煦不堪一击，很快投降。明宣宗让于谦数说朱高煦的罪行。于谦越众而出，义正词严，声色俱厉，把朱高煦数落得狗血淋头。朱高煦吓得伏在地上抖如筛糠，汗流浃背。明宣宗十分满意，班师回朝后重赏了于谦。

除了口才好，于谦也有很强的办实事的能力。巡按江西时，他昭雪冤狱，安抚百姓，为民造福。明宣宗知道于谦堪当大用，越级提拔他做兵部右侍郎，巡抚河南、山西。于谦到任后，轻装简从，不辞辛苦，走遍辖区，实地考察，赈济灾荒，做了不少实事，深得百姓爱戴。

明宣宗驾崩后，长子朱祁镇继位，史称明英宗。1449 年，蒙古瓦剌部首领也先大举进攻大同，驻守大同的明军不敌，向朝廷告急。此时宦官王振执掌军政大权，不顾朝中大臣的强烈反对，教唆明英宗御驾亲征。明英宗昏聩无能，耳根子又软，居然十分赞成王振的馊主意。他令弟弟朱祁钰留守，自己亲率五十万大军出征。

大军浩浩荡荡，走到大同附近，得到了前线军队战败的消息。王振害怕了，决定退兵。明军走到土木堡时，也先的军队追了上来。两军交战，明军死伤惨重，王振于乱军中被杀，明英宗被也先俘虏，史称"土木之变"。

皇帝被俘的消息传来，朝野震惊。也先的军队押着明英宗，浩浩荡荡地向大明王朝的都城北京进发。形势危急，大祸迫在眉睫。监国的朱祁钰召集群臣商议对策，很多人已经吓得六神无主。一个叫徐珵的侍讲说："应该把都城迁到南方去。"打着这个主意的人着实不少，只不过别人都没说出口。于谦厉声说："敢说迁都的，立刻就该杀了！京城是天下的根本，京城动摇，就无可挽回了！你们都忘了宋朝的教训了吗？！"

这句话振聋发聩，惊醒了摇摆不定的朱祁钰。当年北宋朝廷就是因为抵抗决心不坚定，主战派李纲等人不得施展，终于使大祸无可挽回，才有了两代皇帝被掳走受虐的奇耻大辱。北方的土地，放弃容易收回难。终南宋一朝，南宋朝廷都只能在南方苟且偷安，南宋爱国志士都对"靖康耻，犹未雪"耿耿于怀，"臣子恨，何时灭"！前事不忘，后事之师，这个教训实在太惨痛了！

朱祁钰表态赞成于谦，其他大臣纷纷附和。明英宗被俘，太子年纪太小，不能理政。为了彻底粉碎也先利用明英宗进行政治讹诈的阴谋，于谦等人建议皇太后立朱祁钰为帝，遥尊明英宗为太上皇。朱祁钰登上皇位，史称明代宗。

北京的精兵之前都被明英宗带走了，在土木堡伤亡惨重。当时北京的守军不足十万，还都是些老弱残兵。虽然说要坚守，但是大家心里着实没有底。于谦号召京城男儿保卫京城，许多青壮年自带武器投军效力。他又调取各地的军队，包括河南备操军、山东及南京沿海的备倭军、江北及北京诸府运粮军等等。工匠没日没夜地工作，赶制出大批盔甲、兵器。北京军民修建了防御工事，粮食也源源不断地运进京城，足够吃一年的。北京军民这才渐渐放心，大家上下一心，摩拳擦掌，以逸待劳，准备给也先迎头痛击，报仇雪恨。此时于谦已经是兵部尚书，全权部署保卫北京的各项事宜。

于谦还宣布了"土木之变"的罪魁祸首王振的罪状，请旨查抄了王振的家产，处死了王振的党羽。这一措施有力地打击了宦官集团的嚣张气焰，鼓舞了全体军民的斗志。

在于谦的领导下，北京军民同仇敌忾，奋勇向前，赢得了北京保卫战的胜利。

也先的军队败退，觉得继续扣留明英宗已经没有任何意义，就把他放了。当了一年多俘虏的明英宗回到北京，又当了六年多太上皇。

1457 年，明代宗身染重病，卧床不起。石亨、徐有贞（那个被于谦痛斥过的徐珵后来改名叫徐有贞）、曹吉祥等人勾结起来，拥护明英宗复位。群臣进宫早朝，看到明英宗端坐在宝座上，大吃一惊。早朝的钟鼓声惊动了病榻上的明代宗，他得知明英宗复辟的消息，但已经无计可施，很快就撒手人寰。

接着，石亨、徐有贞、曹吉祥等复辟功臣捏造罪名，逮捕了于谦，判了他死刑。明英宗还没糊涂到家，说："于谦是有功之臣啊！"徐有贞当年曾被于谦当众斥责，所以恨死了于谦，一定要置他于死地。他提醒明英宗说："不杀于谦，我们师出无名！"明英宗觉得有道理，这才下定了决心。

于谦被押往刑场，北京百姓知道他是冤枉的，夹道痛哭。行刑之时，阴云蔽天，可谓天怒人怨。于谦的家人也都被充军。锦衣卫奉命查抄于谦的家，发现他一贫如洗，家无余资。他们看到正房的门紧紧锁着，以为里面藏着什么金银财宝，打开之后发现里面放的是明代宗赐给于谦的官服和剑器。

后来，石亨、徐有贞、曹吉祥等人所干的坏事逐渐败露，一个个先后倒台。明英宗也明白过来，知道于谦是冤枉的，非常后悔，但是作为皇帝又没有勇气公开认错。明英宗死后，他的儿子朱见深继位，史称明宪宗。明宪宗完成了明英宗没有完成的事，为于谦平反昭雪，昭告天下。

于谦曾经有感于煅烧石灰的过程，写下一首《石灰吟》：

千锤万凿出深山，烈火焚烧若等闲。粉骨碎身浑不怕，要留清白在人间。

这首诗是石灰的写照，更是于谦的人生追求。

于谦冤死后，有人偷偷收殓了他，把他的遗体送回他的故乡杭州，安葬在风光秀丽的西湖。袁枚曾经写诗说：

江山也要伟人扶，神化丹青即画图。赖有岳于双少保，人间始觉重西湖。

"岳少保"就是岳飞，"于少保"则是于谦。两人都是铁骨铮铮的英雄，又都被昏君奸臣陷害。岳飞庙、于谦祠都在西湖畔。青山有幸埋忠骨，百姓心中有杆秤。岳飞和于谦千百年来受人敬仰，直到今天依然如此。

苟利国家生死以，岂因祸福避趋之
——林则徐

林则徐是福建人。据说他出生的时候，福建巡抚徐嗣曾正好路过他家门口。父亲就给他取名叫"则徐"，字"元抚"，希望他长大了能效法巡抚徐嗣曾，做一个好官。

林则徐没有辜负父亲的期望，他从小就志向远大，二十多岁时中了进士。他很有政治才能，先后做过几任地方官，都很有政绩，官声也很好。

清朝末年，英、法、美等国的殖民主义者和投机商人纷纷向中国走私鸦片，掠夺中国的财富。吸食鸦片会让人丧失理智和劳动能力，使人们意志软弱，不事生产。因为大量进口鸦片，中国的白银大量外流，引发了财政危机。军队里也有一些官兵吸食鸦片，使得军队战斗力大减。当时中国的一些城镇烟馆林立，抱着烟枪醉生梦死的大烟鬼成千上万。长此以往，后果不堪设想。很多正直的官员和有识之士看到了鸦片的危害，坚决主张查禁鸦片。林则徐就是其中的一员。

1839 年，道光帝派林则徐去广州查禁鸦片。英美等国的领事及大烟贩子们不甘自身利益受损，对此百般阻挠。有一次，英美等国领事设宴招待中国官员，有一道甜品是冰激凌。中国的官员从未见过冰激凌，看到它冒着气，就端起来吹气。洋人见状，鼓噪起来，大声耻笑，搞得中国官员很没面子。

事后，林则徐也设宴回请洋人。几道凉菜之后，侍从端上了一个奇怪的东西：颜色暗灰发亮、光滑、不冒热气。洋人看了，用小勺舀起来就吃。哪知这道菜是芋泥，外表看着不冒气，其实里面烫得要命。洋人被烫得吐不出来咽不下去，狼狈极了。

林则徐在广州经过大量调查之后，命令外国商人把全部鸦片缴出来，还要保证不再私运鸦片到中国。有些外国商人照办了，可也有一些商人百般拖延。英国政府的代表义律还策划阴谋，企图顽抗。林则徐当机立断，坚决行使主权，中断与英方的贸易并不再供应食物和水。英国人这才乖乖就范。

1839 年 6 月 3 日，林则徐亲自到虎门海滩主持销毁鸦片。在此之前，林则徐采用过传统销毁鸦片的焚毁法，但鸦片渗入地中，吸毒者掘地取土，仍能得到一些鸦片。这一次，林则徐采用了更为彻底的方法。

林则徐命人在海边挖出焚烟池，池底铺石，四周钉板，确保鸦片不会渗漏。然后挖一条水沟，倒入盐水，使盐水流入池中。接着把烟土割开，扔进盐水里浸泡。泡足半日之后，再投入石灰。石灰遇水便沸，烟土溶解。退潮时，裹着鸦片的石灰水跟着潮水一起流入大海。

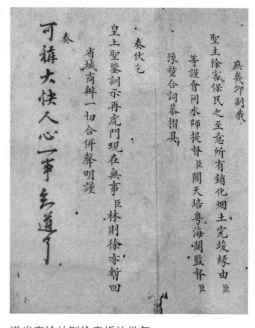

道光帝给林则徐奏折的批复

石灰沸腾，海涛汹涌，显示了中国人民禁毒和维护国家尊严的坚定决心。这次销烟历时二十三天，史称"虎门销烟"。

道光帝在林则徐等人汇报虎门销烟情况的奏章上批复："可称大快人心一事。"

林则徐销烟有功，却遭投降派诬陷，被道光帝革职，发配伊犁。他在古城西安与家人告别，写下了《赴戍登程口占示家人二首》，第二首尤其感人：

力微任重久神疲，再竭衰庸定不支。苟利国家生死以，
岂因祸福避趋之。谪居正是君恩厚，养拙刚于戍卒宜。
戏与山妻谈故事，试吟"断送老头皮"。

"断送老头皮"的故事，我们在前面苏轼的部分已经提到

过了。春秋时郑国大夫子产因改革军赋制度受到诽谤,他说:"何害?苟利社稷,死生以之。""苟利国家生死以,岂因祸福避趋之"就是化用了子产的这句话。林则徐一心为国为民,早已将生死置之度外。与亲人分别之际,林则徐也像乐观旷达的苏轼一样幽默,让妻子吟诵"这回断送老头皮"那首诗来为他送行。

林则徐以无比的勇气和决心维护国家和民族的尊严,是中华民族的民族英雄。

我劝天公重抖擞，不拘一格降人才
——龚自珍

　　龚自珍是清代诗人。他自幼受母亲教育，好读诗文。他的外祖父是赫赫有名的文字学家段玉裁。段玉裁很欣赏这个外孙的才华。家学渊源，天资聪慧，按理说龚自珍理应脱颖而出，在仕途上有一番作为。但龚自珍在仕途上真的就只能"自珍"，屡试不第，直到第六次参加会试才金榜题名。

　　龚自珍在殿试的对策中议论平定准格尔叛乱后的善后治理以及其他朝政，洋洋洒洒，倚马千言，大胆提出改革主张。谁知主持殿试的大学士曹振镛说龚自珍"楷法不中程"，将他置于三甲第十九名，不得入翰林。当时参加科举考试的考生必须书写"馆阁体"，强调字形、大小、粗细的统一。龚自珍非常讨厌这种死板的条条框框，所以在这方面确实功夫不行，被抓住了小辫子也是无话可说。

后来，穷困潦倒的龚自珍买到一本习字帖，这种字帖他小时候就临写过。看着熟悉的字迹，龚自珍感慨万千，在字帖上写道："我小时候没有很好地学习书法，所以在宦海中蹉跎一生，回忆幼时挥毫临帖的情景，真是惭愧，早知如此，就该多学一学书法呀！"

龚自珍不满官场中的腐败和黑暗，一直受到排挤和打击。1839年，他愤然辞去官职，回到家乡。在这一年，他写下了组诗《己亥杂诗》，足足有三百一十五首。其中的一首十分著名，我们来看一下：

九州生气恃风雷，万马齐喑究可哀。我劝天公重抖擞，
不拘一格降人才。

龚自珍认为，中国要想有生气，就要依靠疾风惊雷一样的社会变革。现在人们都不敢说话，令人悲哀。诗人希望能够看到各种各样的人才。后来，人们把"不拘一格降人才"精简成了成语"不拘一格"。

龚自珍清醒地看到，清王朝已经进入"衰世"，日薄西山。他批判腐朽的封建统治，呼唤改革风雷早日到来。

龚自珍主张革除弊政，抵制外国侵略，曾全力支持林则徐禁除鸦片。他被柳亚子誉为"三百年来第一流"。